U0590625

馬骝寨

朱明海　主编

羊城晚报
出版社
·广州·

图书在版编目（CIP）数据

鸳鸯寨 / 朱明海主编. -- 广州：羊城晚报出版社，

2024. 11. -- ISBN 978-7-5543-1330-5

Ⅰ. I217. 1

中国国家版本馆 CIP 数据核字第 2024FA8809 号

鸳鸯寨

YUANYANGZHAI

责任编辑	王晓娜
责任技编	张广生
装帧设计	阅客·书筑设计
出版发行	羊城晚报出版社
	（广州市天河区黄埔大道中 309 号羊城创意产业园 3-13B　邮编：510665）
	发行部电话：（020）87133053
出 版 人	陶　勇
经　　销	广东新华发行集团股份有限公司
印　　刷	广州广禾科技股份有限公司
规　　格	889 毫米 ×1194 毫米　1/32　印张 6.75　字数 105 千
版　　次	2024 年 11 月第 1 版　　2024 年 11 月第 1 次印刷
书　　号	ISBN 978-7-5543-1330-5
定　　价	48.00 元

版权所有　**翻印必究**（如发现因印装质量问题而影响阅读，请与印刷厂联系调换）

鸳鸯寨森林公园入口处的石刻

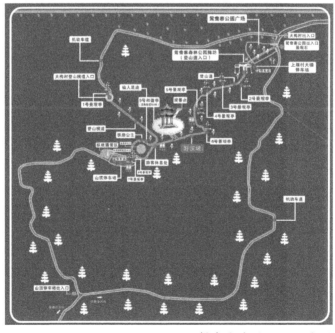

鸳鸯寨森林公园示意图

鸳鸯寨森林公园游客服务中心

鸳鸯寨日出

放歌《鸳鸯寨》

景观台上的浪漫

1号厚德亭

2号友谊亭

3号祥和亭

4号日美亭

5号国友亭

6号福满来亭

7号平安亭

8号长春亭

9号和谐亭

因为"爱情"

——《鸳鸯寨》创作缘由

2023年3月，由我作词的原创歌曲《鸳鸯寨》的MV在我美丽的家乡黄金镇鸳鸯寨森林公园举行首发式发布会，让我惊喜又意外的是，歌曲发布后，点击率直线上升，仅"丰顺发布"视频号阅读量便达20多万人。随着MV在"全民K歌"等平台的上线，这首歌的知名度越来越高。除了人们称赞歌曲优美动听，更是吸引不少外地友人询问地址，意欲前往鸳鸯寨一览美好风光。这应该算我文艺创作以来的第一首词作，有很多人问我，你一个门外汉，为何会创作这样一首歌呢？坦率地说，那是因为"爱情"，因为我对家乡的爱，对家乡的情。

我是土生土长的黄金人，从小就知道鸳鸯寨有动人的传说，有迷人的风景，特别是最近几年当地政府与热心乡贤把鸳鸯寨打造成了远近闻名的"网红"景点。那里，山坡绿意葱茏，沿路景树林立，廊亭古朴典雅，景台巍峨耸立。蓝天下的鸳鸯寨森林公园，山水交融，生机盎然。我作为一名新闻工作者，这几年经常带队或是派记者前往采访，宣传推介鸳鸯寨。有一次我的同事做了一个用诗歌的形式来表现鸳鸯寨无边风光的短视频，当我审核这个短视频的时候，突然来了灵感，想创作一首歌词。家乡黄金镇淳朴的民风、优美的环境、厚重的人文，还有一方水土养育出来的美好人性，都是我的心之所向。虽然我从来没有写过歌词，但是我潜心进行尝试，一定要写一首关于鸳鸯寨的歌，关于家乡的歌，以诉衷肠，以表深情。

做事从来都拖拖拉拉的我，这次却一反常态说干就干，经过几天思虑，初稿很快出来了。我知道自己的水平不高，对这首歌词也不甚满意，于是就把这个稿件发给刘仪职老师和邱伟杰、林文祥等学长看，请他们帮忙修改。他们不吝赐教，提了很多宝贵的意见。在他们的指导下，我对这首歌词又进行反复打磨，前后修改20次以上，历时一个多月才完成。虽然最后词作者署的是我的名字，但我想这其实是集体智慧的结晶。这首歌或许还有很多不尽人意的地方，可字字句句都饱含着我对家乡的感情。浓浓的乡土情怀，浓浓的家乡情结，激励着我进行创作，将这部作品呈现给广大观众。

《鸳鸯寨》MV推出之后，有人跟我说，主创团队里，除了你，其他人都在业界鼎鼎有名，你是怎样做到的呢？的确，能够让这样一个强大的团队凝聚在一起，也是一件了不起的事情。我想，这是因为常常挂在嘴边的"缘分"吧。首先是缘于林文祥学长，他在2022年创作了一首反映师生情谊的歌曲《好想再听你的课》，有一天他打电话问我，能不能提供一些黄金中学的相关视频给他，他要为新创作的歌曲制作一个MV。知道他的需求后，我坦诚地跟他说，制作视频可能不是他的专长，能否由我来安排拍摄制作？他听后非常开心，决定把MV交给我们制作。后来，就是在黄金中学拍摄MV期间，我结识了梅州市知名作曲家陈的明老师。陈老师非常有才华，是《好想再听你的课》的曲作者。这首歌旋律动听且感人，一听到这曲调便留下深刻的印象。我把《鸳鸯寨》的歌词创作出来以后，第一时间就致电陈的明老师，希望他能为这首歌谱曲。陈老师非常爽快地答应了，并非常用心地进行谱曲。其间，他多次征求当地艺人的意见，充分结合丰顺地方特色，一首颇富韵味的曲调很快展现在人们面前。同时，在陈的明老师的邀请下，广东省知名歌手张狄老师、梅州市知名青年歌手卓敏老师联袂演唱这首歌，为这首歌增添了不少光彩。奇妙的缘分，让不认识的人走在一块儿，把一颗颗"驿动的心"连在一起。

如今，这座集登高、健身、观光、休闲于一体的鸳鸯寨森林公园，吸引游人无数。而歌曲《鸳鸯寨》，蕴含着自然之美、乡土之美、人情之美，更表达了我对至善至美的人间真情的深情向往。

原创MV《鸳鸯寨》首发式发布会的成功举办，吸引了众多县内外文艺家的参与，他们在鸳鸯寨留下了许多文艺作品，缘于此，便产生了编辑一本赞美鸳鸯寨的诗文集的想法。可以这么说，编辑这本书，也是因为"爱情"！

朱明海

目 录

━━━━━━━━ 第一章　以文寄情 ━━━━━━━━

第二章　诗词抒怀

———— 第三章　书画留香 ————

———— 附　录 ————

第一章

以文寄情

心里住着一座山

翰 儒

一

登上和谐亭，站在悬空而建的观景台，眺望黄金镇的全貌和远处风光，难以言说的激动和感动涌上心头。

产溪河蜿蜒着向韩江流淌，像淡蓝色的飘带环绕着群山、村庄、圩镇，白溪、产溪、龙溪三溪交汇处清晰可见。产溪河两岸的竹林、田畴、村落，像一幅幅养眼走心的迷人画卷。北边远处的粤东第一高峰铜鼓峰，东边那被誉为"潮汕第一高峰"的凤凰山，如梦如幻地高高耸立在天边。连绵起伏的远山与浩瀚天空连成一体。当我望见远处的老家的村子时，情难自已，眼泪潸然。小时候放牛进山，走过一座又一座山岭，总觉得大山很大，群山无边，像孙悟空在如来佛手掌中腾挪，总也走不出大山。如今远眺，村子原来那么小，那些大山才那么一小片啊……要是没有登上和谐亭和观景台，也许我永远不会有这样的感慨。

2023年春天，我和文友们结伴登鸳鸯寨观光、采风。文友们被美景"电"到了，在和谐亭诵诗、放歌、起舞……登鸳鸯寨前，还是俗常的样子，站在山顶竟雅致得如神似仙。

山上的植被很好，生态很好，飞鸟啁啾，蝴蝶翩飞，蜻蜓嬉逐，蛙虫鸣叫，山风凉爽，花香时浓时淡……这次登山，好不惬意！不见第一次爬山时的紧张、愁苦。

和谐亭、观景台建在鸳鸯寨的山顶上。

鸳鸯寨，不是村，也不是寨，是一座山，黄金镇最出名的一座山。

二

这次登鸳鸯寨，是第二次，距离第一次已相隔快40年。第一次爬鸳鸯寨是读初一那年的秋天，跟这次登山已有天壤之别。确切地说，上次叫爬山，常常手脚并用。这次舒服啊，沿着水泥路坐车来到山顶停车场，在游客服务中心喝水、解手。小憩一会儿后悠哉快哉走一段路，再上一段由大理石铺筑的台阶，才登山顶。

现在的鸳鸯寨，已不是以前的鸳鸯寨。鸳鸯寨是鸳鸯寨森林公园的主要景点。

从嶂背村那边上山是一条漂亮、可通车的水泥路。从湖田村那边登山，沿着两三个人可并肩走的、大理石铺筑的路，路两边有的还建了护栏。好几座雅致的凉亭在最合适的地方静候着你。你可以徒步登山，也可以选择坐车与徒步相结合的方式。登山的时间可短可长，舒适自在。

在从圩镇去上湖田村那条省道的路旁不远处，耸立着一块高大而美观的石头。"鸳鸯寨公园"这五个醒目的大字镌刻在石头上。从这里进去走一小段绿化与美化均上佳的道路后，可见山脚下那座端庄、雅致的牌坊。

距第二次登鸳鸯寨才几个月，乘兴又召唤着亲人们去登鸳鸯寨。

鸳鸯寨风景好，总想去吹风，望风景。

它在心里住着啊！

如果说现在的鸳鸯寨是有品位的公主，那么以前的鸳鸯寨则是不事打扮的村姑。

以前的鸳鸯寨除了山顶有两座不起眼的小庙外，几乎没有什么设施。登山的山路是杂草、野藤掩盖着的又弯又窄的泥路。陡峭处，要像猴子一样爬行。从山脚至山顶，走走停停，气喘吁吁，大汗淋漓，好不容易爬上山去，被折腾得没个人样。

终于享受到了清风习习，享受到了山高人为峰的豪迈，享受到了心旷神怡，但往往不尽心意，很难找到没有树、竹、藤遮挡视线的好地方，纵使踮高脚跟，伸长脖子，想一览众山小，一览远近无限风光，总难如愿。本想爬上山顶的树上去眺望老家的，但还没上树，手脚已发软，只好望树摇头叹气。

鸳鸯寨离黄金圩镇不远，过一座水面桥，再走一段不足千米的公路，便到了。圩镇靠着一个小山包，面向产溪河。河那边是一个小盆地。圩镇四面是山。离圩镇较近的那些山中，大家最爱的还是鸳鸯寨。有些山连名字都没有，别说喜欢了。而有的呢，虽有名字，但也不动听，什么大石壁、老寮峰、狗相搏、鸭鬼窝、屁股山，甚至有厌恶的成分在里面。而鸳鸯寨呢，不但名字动听，外形也好，最重要的是它所在的位置不远不近，不矮也不算高，登上山去，想看、该看、好看的尽收眼底。

何况鸳鸯寨还有美丽、动人、神奇的传说。

三

为什么叫"鸳鸯寨"？这个名字背后的传说很凄美。传说从前有一位叫志高的将军和一位姓许的公主，两人相爱后私奔到山上，被两位善良的老人收留。将军和公主在那里度过一段幸福时光。然而好景不长，官兵追至这里，打死两位老人，想捉拿将军回去。将军和公主愤然反抗，跳崖殉情。他们化成一对美丽的鸳鸯，变成相守着的那两座山峰。山上的志高将军庙和铁扇公主庙正是后人为纪念他们而建的。

鸳鸯寨离我家不远。湖田村有上村和下村。我家在下湖田村的村尾，上湖田村就在鸳鸯寨的山脚下。走直线的话，我家距鸳鸯寨不过2000米。小时候，常常站在家门口，眺望鸳鸯寨，遐想、发呆，常常一望就是老半天。

总想望望鸳鸯寨。老家四面虽然都是山，但只有鸳鸯寨的山形最特别，最醒目，最好看。它像倒扣在地上的一口锅，下面扁圆，最顶端像突出的锅凸，还像被切去一半、留着瓜蒂的西瓜，像顶毡帽……其他山则没有什么好让人联想的形态。

还在我孩提时，从望见鸳鸯寨的那天起，它就住进了我心里。

四

家乡的家底拿得出去炫耀的好像就这么几件——蜿蜒清亮的产溪河，古朴别致的圩镇，连绵无边的竹林，声名远播的中学，还有就是人见人爱、人见人夸的鸳鸯寨了。

住进心里的鸳鸯寨，像生了根似的生长。常常站在家门口望它，走在路上望它。跟别人聊天时说起它，独自一个人时想到它。有时做梦也梦见它。

很小的时候就想爬鸳鸯寨了。但人小胆小，望着那么一座大山，心里便发虚。独自一个人是断然不敢去的。也没有玩伴想去。大人则忙于生计，谁有闲心、闲工夫去爬山。逢年过节，偶尔有大人去鸳鸯寨烧香，求爱、求子、求财、求健康、求平安，往往一去一整天，回来便说爬山的艰难，说树多、竹多、野藤多、杂草多、山蚊多，说鸟叫虫鸣让人心里发毛，但就是不见人影。担心不慎摔倒是其次，主要是害怕毒蛇、山猪、野兽。原来他们是冒着性命爬上山去求爱、求子、求财的！

听说鸳鸯寨求爱、求子、求财很灵验。一到年节，铁扇公主庙的香火很旺。潘田、留隍等邻近乡镇，甚至更远的潮州、揭阳都有人慕名而来。

越是这样，越想早一天登鸳鸯寨。

五

读初一那年，重阳节前的一天，终于与同学结伴登鸳鸯寨。

听说有三条路线可上山。嶂背村那边，大崀坑那边，上湖田村那边，都有登山的路，这三条路是前人踩出来的，紧要处偶尔可见石砌的一小段石阶。路面几乎被杂草、野藤掩盖住，走在路上，看不见人，只听见"沙沙沙"的走路声。从嶂背村、大崀坑那边上山的话，没有那么陡峭，但路要长一些。我们是从嶂背村那边上山，从上湖田村这边下山的。

路小，草密，虫吟，鸟叫，为消解恐惧，我们大声说话，小心翼翼地爬山。

登上山顶，才发现鸳鸯寨不像帽子，不像西瓜，不像锅头，也不是一座山峰，原来是两座山峰，后面的那座比前面的高一些。在老家门口望见的是后面的那座。往山体望去，有好几道山岭和山谷，在远处则分辨不清。由于树木、竹子、杂草、野藤的掩挡，也看不见九曲水口和狮山、象山把守的景观。心里悻悻的，望得不称心如意。

秋天天高云淡，是登山的好季节，倒是望见了远在天际的铜鼓峰、凤凰山。

终于亲见了铁扇公主庙和志高将军庙，在大树下、在岩石下，不大，香火缭绕。听说有人守庙，不过那天不巧，守庙人下山去了。年节上山烧香叩拜的人多，他便几乎守在山上，因为要收管供品和香仪钱。

下山快到半山腰的时候，不小心听到哗哗啦啦的声响。原来那路旁不远处有同学在树下小便。

"呵呵，以为山泉水！"

"哈哈，屙'风流尿'，赛神仙哪！"

"别以为我不知道，你不也做过一回神仙吗？"

"原来贼喊捉贼啊！"

"哈哈哈……"

笑声在山谷飘荡，顿时忘记了疲劳。

不时有很陡峭的山路，只好抓住路两边的树和藤，探着身子下山。我们有时手拉着手，提着心，吊着胆，屏气凝神，提防一失足便成千古恨，摔个粉身碎骨。下到山脚，像捡了条命似的，长长地舒了一口气。这时日头也快下山了。

其实在山顶没待多久，看见日头西斜，便赶忙下山。猴急地眺望风光，猴急地对着铁扇公主匆匆许愿，猴急地喝水吃饼干。我们大都挎着一个绿色的军用水壶，外形扁圆，像炸弹，不大，装不了多少水，一路上省着喝。

重阳节前后正是当泥（桃金娘）最熟的季节。俗话说："六月六当泥逐粒熟，七月七当泥乌滴滴，八月八当泥闹逼煞，九月九当泥甜过老红酒，十月十当泥无一粒。"上山的时候，实在经不起当泥的诱惑，采吃当泥花了好多功夫，个个吃得血染唇齿似的。

我们不敢在山顶待久的原因，是不知下山要多久。没有一个人有爬鸳鸯寨的经历。

快下到山脚，才猛然想起要在山顶，对着蓝天、白云、清风朗诵王之涣的那首诗，但此时只好在心里默念了："白日依山尽，黄河入海流。欲穷千里目，更上一层楼。"念罢又添一份失落。

这就是第一次爬鸳鸯寨的情景。

六

后来才知道，从不同方向看，鸳鸯寨呈现不同的形状。从南面看，似双狮相会；从东面看，犹如犀利的尖峰；从西面看，宛若卧地的蟠龙。

不论从哪个角度看鸳鸯寨，也不论它是什么形状，但我还是最喜爱从老家门口看鸳鸯寨，最喜爱从这个角度看见的形状，外形的流线简洁、流畅、耐看。

鸳鸯寨常常让我联想起北极那伫立在风雪中的大企鹅，敦实、憨厚，不惧严寒，顶天立地。

七

读高三那年，春节开学后几天，母亲和哥嫂带着香纸、蜡烛、水果去爬鸳鸯寨。高考放榜后，他们又买了香纸、蜡烛、水果爬了一趟鸳鸯寨。听说是请求铁扇公主保佑我考上大学。第一次是请愿，第二次是去还愿。母亲没有亲口告诉我这些，她知道我不信这些，担心我数落她迷信。

母亲那年年近花甲，腰腿不好，竟然不惧艰难爬鸳鸯寨。

我知道后，眼泪暗涌。

听说，求铁扇公主保佑，总是很灵，总能心想事成。心中有所求，路再长也不长，坡再陡也不陡，山再高也不高。母亲年迈以后，还是没忍住，不止一次跟我说起当年爬鸳鸯寨求铁扇公主保佑我考上大学的事情。因为从祖先搬到村里起屋创业以来，我是第一位考上大学吃"皇粮"的。言外之意，我能考上大学是她辛苦爬鸳鸯寨烧香的结果。

我说我信。

她便宽慰地微笑，笑靥如花。但还是不放心，又说，你不会信的。

鸳鸯寨就这样在我的心里住得很牢固。它高高地耸立在心里。说真话了，说假话了，它好像能听见。做对了，做错了，它好像也知道。进步了，退步了，它好像看见了……它默默地在看着，远远地守护着。

常常遥望着鸳鸯寨，惦念着它，期盼着第二、第三次去登山。但一想到第一次爬山的情景，还是望而却步。

于是便奢想：鸳鸯寨如果建成设备完善的旅游景区多好啊！那样的话，便可以隔三岔五去登鸳鸯寨了。

2016年11月，鸳鸯寨森林公园终于动工兴建了。爱乡的杰出乡贤捐资把鸳鸯寨打造成集登高、健身、观光、休闲于一体的森林公园。

八

鸳鸯寨的景致，春、夏、秋、冬不同，晴天、雨天不同，白天、晚上不同，月圆、月缺不同，喜爱它者，总有爱它的理由。

鸳鸯寨成为"网红"旅游打卡点后，手机上经常刷到鸳鸯寨的视频和美图。游客们晒出最多的是远近风景，日出时、日落时的，实在美啊！云雾缭绕的，如仙景。在和谐亭吟诗、放歌、跳舞、打太极、弹琴演奏……立在观景台上，张开双臂作飞天状，伸手摘星揽月，拥缥缈的云雾入怀……月光清亮的晚上，呼朋引伴，围坐在山顶，对月唱歌，喝茶聊天。更甚者，邀约清风明月，快意饮酒。啊，醉在鸳鸯寨！

鸳鸯寨是健身、休闲的好去处，更是黄金人的心灵家园。

住在心里的鸳鸯寨

罗　琼

每个人或漫长或短暂的一生中，无一能逃离因某些事物而被牵系、被左右、被影响，时代背景、家庭环境、所见所遇，甚至日月星辰、四季物候等，都将在生命中留下印记，或深或浅。

今天我想说的是一座山，一些人与一座山及与这座山相互交织的情愫和故事。它就是丰顺县黄金镇的一座山峰，说是山峰，名却叫寨——“鸳鸯寨”。我先生的出生地就位于它脚下的湖田村。

第一次听说鸳鸯寨是在20多年前，当时与先生刚认识不久，作为同事，我们在工作之余闲聊时，年长我几岁的他总是乐此不疲地向我介绍起他的家乡。在我有限的认知中，那不过是大山窝里的一个小镇子，交通不便，贫穷落后，倒是他描述中的竹乡风情让我萌生了一丝好奇和憧憬。某天，他说起村子附近有一座山叫鸳鸯寨，山上有座庙供着一尊叫"铁扇公主"的神仙，是那一方水土远近闻名的守护神，尽管山路崎岖，荆棘丛生，每年都有很多村民去烧香许愿。当时我听了也没在意，一方水土养一方人，哪里应该都有类似的山与庙。当然，也不会认为他迷信，那不过是贫乏枯燥生活中的一个谈资，抑或年轻人交朋结友的一个由头。

直至后来，机缘巧合，我们结婚了，那时已近70岁的家婆到了县城和我们一起生活，从她口中，我了解了更多关于黄金镇的事与物，而鸳鸯寨上铁扇公主的神奇就是其中浓墨重彩的一笔。家婆说，家里每有重要事情，她都必须去鸳鸯寨烧香许愿，祈求顺顺利利，心想事成。以前的鸳鸯寨根本没有路，上山得起个大早，带上拜神礼品，加上一把镰刀，一防野兽，二用来披荆斩棘，在陡峭无比的山崖上攀爬，两三个小时才能到达。当时的铁扇公主庙也很小很小，但古语云："山不在高，有仙则名。水不在深，有龙则灵。"的确，鸳鸯寨从海拔高度来说，不是很高，但在家婆心目中，却不单只是有名，更是灵验无比的，她把幺仔（我先生）所有的"荣耀"，归功于她年复一年上山虔诚求佛许愿，感动了鸳鸯寨上的铁扇公主，得到灵验的保佑，比如考上大学，当上中学教师，后来又调到县城当了公务员，再后来结婚生子买新房等。毋庸置疑，母爱的力量是无穷的，母爱的付出更是无私的，望子成龙的心情何人都可以理解，何况老一辈人自有属于他（她）们纯粹又质朴的精神寄托和那个年代的生活方式。但除此之外，在家婆或大吹特吹强制"洗脑"，或春风化雨润物无声的影响下，我一个外乡人不禁也对那遥远又陌生的鸳鸯寨产生了憧憬之情。

2021年夏天，我终于第一次亲临其境。那是一个假期的上午，我与家人们驱车到丰顺县北部山区的大龙华镇、小胜镇、黄金镇闲逛了一圈，返程时决定顺路去探访彼时已远近闻名的鸳鸯寨。一路上，我一边带着家婆的描述仔细去印证她口中鸳鸯寨的形象，一边又讶异于眼前已被打造成森林公园的美丽胜境。作为一名文化宣传工作者，我无数遍从各个宣传平台上了解了鸳鸯寨的建设情况，一件件喜讯叠加在一起，成就了它最美好的状态。沿着水泥路蜿蜒而上，宽敞的停车场已停放了几十部车子，人们络绎不绝地往返于石台阶，下山的人心满意足，上山的人满怀期待。

当我们一路欣喜终于到达山上的主景区鸳鸯寨和谐亭时，眼前豁然开朗，顿觉心旷神怡。山脚下的村庄星罗棋布却又错落有致，碧水长流的产溪河像一条玉带挂在小镇中间，远山在云雾缭绕中若隐若现，清风送爽，让人仿佛置身于仙境，无比舒坦。先生也是时隔多年后再一次来鸳鸯寨，作为本乡本土成长的人，他必定是更兴奋的。我们登上和谐亭的二楼，他倚着木栏杆朝着右手边的方向极目远眺，表情既焦急又忐忑，我知道，那是他出生地的方向——黄金镇湖田村坳口寨。他说当年十几岁帮家里放牛时，要走极远的路，翻山越岭，一个少年既孤单恐惧又无可奈何，后来随着年龄增长和时代变化，不再放牛了，但那段青春洋溢又倍加贫困苦涩的岁月深深铭记在心。登高望远，鸳鸯寨和谐亭的高度足以让周边的一切尽收眼底，先生仔细回忆与辨认，终于找到了当时放牛的山谷的大概线路和位置，激动地向我诉说。的确，往事历历，仿若昨日重现，怎不让他感怀慨叹？

第二次去，是丰顺县作家协会组织的文学采风活动，我们仔细记录，认真了解，在雕梁画栋的和谐亭里诵读经典，在如诗如画的竹林小道纵情放歌，留下一路欢声笑语。

我曾无数次询问鸳鸯寨的由来，民间流传着多个不同的版本，但我更相信并喜欢的就是家婆说的：相传古时候有一对神仙眷侣云游天下，来到黄金镇产溪河边时被这里的好山好水好民情所吸引，决定长久留下来，于是化身为河边高山上一左一右遥相守望的两座山峰。铁扇公主得知后也在两座山

峰之间安了家，与神仙眷侣共同守护这一方水土。在仙人的保护下，昔日贫穷落后的山乡小镇从此风调雨顺、物阜民丰，且越来越好，成为丰顺县丰北山区的一颗璀璨明珠。

时光荏苒，93岁高龄的家婆已离开了我们，她长眠在村子后面与鸳鸯寨遥相对望的山岗上。她老人家一生坚强拼搏，勤俭持家，敦亲睦邻，是一个典型的客家农村妇女。她从未上过学，但她用大半生波折苦难的命运总结沉淀的生存智慧与鸳鸯寨的美丽传说一起，永远留在我的心中。

一支MV《鸳鸯寨》
几多贤人故土情

王向东

悠扬清脆的竹笛声响起，人们的心境瞬间便被紧紧地抓住，恍若即将走进一幅宽广旖旎的美丽画卷；优美抒情的主旋律如缕缕清风在深情地诉说衷肠。云山雾海，缓缓灵动，恰似绵绵爱恋从山谷飘向海洋，又渐渐地淌进心田，润泽着鸳鸯寨的充满浓浓爱意的每一寸脉络；金色的万丈霞光，映红了恋人的脸庞，璀璨着银白色的云雾，如拳拳故土之情反哺着这片美丽的大地，荡漾着幸福的波光。

这是《鸳鸯寨》MV带给我们的第一感受。一首悠扬抒情的歌曲，一支唯美动人的MV，历时一年之久，在众人热切的盼望中，终于在鸳鸯寨森林公园主入口的牌坊前正式发布。这首以鸳鸯寨的美丽传说为人文背景、以鸳鸯寨秀丽风光为现实题材，具有浓厚乡土气息和家乡情怀的歌曲《鸳鸯寨》由当地杰出乡贤、著名作家朱明海作词，梅州市著名作曲家陈的明作曲，著名歌手张狄、卓敏联袂演唱。歌词浸润着作者对古老传说的遐想，饱含着作者对家乡山山水水的深厚感情和颂美，歌词中的"鸳鸯寨啊鸳鸯寨，是我魂牵梦绕的地方。无论身在天涯海角，你的爱啊依然温暖心房。依然温暖心房"不仅是作者的真情流露，也是当地人的共同心声。歌词将镌刻在每个人内心深处的对自己家乡的眷恋之情尽情地勾勒了出来，汹涌澎湃，一发不可收拾。

一个古老的美丽传说，铭记在一代又一代人的心里；一个古老的美丽传说，牵动着一个又一个黄金人的情怀。今天，美好的夙愿终于得偿，一座以鸳鸯寨为主体，规划总面积46.67公顷，集登高、健身、观光、休闲于一体的鸳鸯寨森林公园已初成规模，前来登高观景的游客络绎不绝，它已然成为远近闻名的"网红"景点。上湖村、嶂背村、大梅村各设一个入口，游客既可以开车直达海拔432米的主峰山顶，也可以从上湖村的牌坊入口沿着长约3000米的全石登山路拾级而上，徒步登山。虽然从此处登山，要迈过2000多级有点儿陡峭的台阶，既考验体力又考验毅力，但你可以一路前行，一路领略风景，一路放飞心情。沿途山花烂漫，竹影婆娑；斜阳辉映，清风微醺；鸟语虫鸣，宛转悠扬；蜂蝶纷飞，姿态万千。"风摇翠竹沙沙响，日映山花闪闪光。峻秀山河春意闹，仙人不羡羡鸳鸯"或是其中之写照。登山路上建有8座雕梁画栋、金碧辉煌的八角亭供游客歇息观景，在主峰另有一座名为"和谐

亭"的二层八角亭，沿中间的旋转楼梯登楼，远眺云山雾海，云卷云舒，顿觉天地宽广，人生宝贵，心里再无纠结烦恼；俯瞰丘横壑纵，水涨潮平，尽显胸襟豁达，情缘似海，胸中难有芥蒂忧愁。

不管是歌曲的创作还是MV的制作抑或公园的建设，都是心血凝聚，智慧结晶；都是故土情深、大爱无疆的充分体现。正如歌词创作者朱明海在分享创作体会时所说："这片土地哺育了我，我深深地爱着这片热土，我愿意为她做点儿什么，我想为她做点儿什么。"

风景这边独好

黄育兰

　　走在三月的春光里，用脚步丈量竹乡，你看那山，那景，那鸳鸯寨的云雨，在眼前像锦绣般铺陈开来，真个是"耳得之而为声，目遇之而成色"。多想执一支神笔留住这人间的神韵。

　　因着妇女节，单位组织女同志到丰顺县特色"网红"打卡点大龙华镇快乐小岛和黄金镇鸳鸯寨森林公园开展团建活动，众人依约欣然前往。早就听说鸳鸯寨的神奇秀美，百闻不如一见，当我真正与鸳鸯寨"零距离"接触时，不消片刻便被其独有的风光所吸引。据传鸳鸯寨原是一座石山，位于三溪（白溪、产溪、龙溪）的交会处，主峰海拔432米，对于一座山而言，这个数字很平常，但对于当地百姓，远胜于天下其他名山，因而素有黄金镇"镇山"之誉。在拥有良好的生态资源的基础上，鸳鸯寨森林公园于2019年基本建设完成，此后免费对市民开放，如今已日臻完善。带着好奇与向往，我们走近鸳鸯寨一探究竟。

一行数十人欢歌笑语地自上湖村入口漫步山道，沿途景点多而分散，诸如仙人脚印、九曲龙洞、八仙石坪、憨婆抱子之神迹，还有志高将军、铁扇公主之庙宇，但又没有严格意义上的景点，可谓处处皆美景，三分繁花，两分清风，一分烟火。某种程度上来说，鸳鸯寨的美是建立在民俗生活和神话传说的基础上的，让人不禁张开想象的翅膀，从北面看山峰，像鸳鸯戏水；从南面看，似双狮相会；从东面看，犹如犀利的笔锋；从西面看，宛若卧地的蟠龙。每一个角度看都极为自然，俨然一幅浑然天成的秀美画卷。

大理石铺就的层层台阶沿地形遒劲蜿蜒，拾级而上，拥翠环绿，为游人平添了小径探幽的兴致。

行吟间，大山深处一股清新的味道流窜在鼻尖，细致之人的关注点即刻从竹林中是否长出竹笋进展为竹笋用哪些方法烹调更为美味。苏东坡在《于潜僧绿筠轩》中写道："宁可食无肉，不可使居无竹。"我亦遐想，竹林边，山涧旁，和着鸟鸣流水，化作闲云野鹤，听山间微风拂过，光影摇曳，吹动山花垂落，星星点点，纷纷扬扬，拥入大地的怀抱。再往前些，巧笑倩兮，美目盼兮，素以为绚兮，只消一抬眼，桃红柳绿似亭亭玉立的少女，未施脂粉却浓淡有致，最为动人。

行至山腰，只见香火缭绕，为山峰蒙上一层神秘的面纱。同事打趣道："弹丸之地"竟有如此多的"香客"。近前发现此中以中老年人居多，也不乏远道而来的虔诚者，有难求过坎，无难求平安，鸳鸯寨大概自带天然的"磁场"，人们靠近她，净化自己，寻得内心安宁。

驻足山巅，青绿尽收眼底，逶迤产溪在东风中肆意摆动，凝视久之，仿佛随之一齐奔跑，跑向灿烂的春天，舞动春的乾坤。若遇到天气好的时候，于山顶和谐亭观景处还可一览云海缥缈，云雾似从足底升起，曙日初照，浮光跃金，瑰丽不可方物。置身其间者，虽不知能否遇仙见神，只知在慨叹茫茫云海翻滚之余，一路登高带来的疲惫早已消散，自己也恍若成仙。

　　黄金镇不产黄金，无边风景胜似黄金，鸳鸯寨上氤氲着春的万种风韵，其至灵至秀的神情美、瞬息万变的动态美、五彩缤纷的色泽美和超凡脱俗的意境美交织相融，回望远山层层叠叠稳坐云间，一步一景，一步一叹，叫人怎能不流连忘返。

与鸳鸯寨之缘

陈志远

善信虔诚无别念，鸳鸯寨顶有神仙。对于土生土长的黄金人，大多打小就听闻过关于鸳鸯寨的神奇传说，远近三乡六里常有善男信女会慕名前往鸳鸯寨顶的小庙求取灵签。

记得小时候，我听了大人们讲起鸳鸯寨的传说后，心中便暗暗想着有朝一日自己也要登上那鸳鸯寨顶碰碰运气，看是否能遇上什么神仙之类的。一念缘起……

第一次与鸳鸯寨结缘，算起来已整整过去30年，那时我正念小学三年级。适逢重阳节，我们学校组织了一次高年级登高活动，目的地就是我向往已久的鸳鸯寨。因为我还没达到参加活动的条件，这可把我急坏了。活动当天一大早，我征得家里人同意后，火急火燎地找到邻居阳哥，他是六年级的班长，央求他一定要把我也一并带上。可能是因为平日里我与阳哥玩得比较近，他很爽快就答应下来，这着实让我大喜过望。

上午7时许，阳光已然明媚，天空极其清澈，我随着高年级的列队，浩浩荡荡地来到了鸳鸯寨山脚下。紧接着，列队分成好几个小分队，每个小分队由一名旗手领队，要开始爬山了。我紧跟着阳哥的小分队，没过多久，只见队员们陆续没入了深草密林中，队伍已首尾不相见，只能听到歌声在此起彼伏、遥相呼应着。我登上山顶，来到一片小平地时，各分队的队员们正分别围坐成一小堆一小堆，听说还要举行游园活动。我很是兴奋，跟阳哥打了个招呼后，就四下里串动，走走看看，很快被各小组的活动吸引住了，有唱歌的、有跳舞的、有打武术的、有猜谜的……没过一会儿，阳哥找到我并拉着我帮他表演一个节目。情急之下，我只好硬着头皮表演翻筋斗，完了还赢得了不少糖果，格外欢天喜地。

回来后，才想起那时我一时高兴，早已把上鸳鸯寨顶找神仙的事给抛到了九霄云外……此后，每每想起这事，多多少少都会有点儿懊恼。

第二次与鸳鸯寨结缘，是在2019年春节假期回老家过年期间。那时，我听乡亲们说鸳鸯寨正在搞大开发，而且即将大功告成。我很是惊喜与好奇，有意前往参观，一探究竟。大年初二，天气和暖，吃完午饭，我就陪同家人重游了一次鸳鸯寨。

来到湖田村村口，一个刻有"鸳鸯寨公园"的巨石映入眼帘，再往村里走，在通往鸳鸯寨的山脚下，顺着往上爬几十米的黄泥坡后就是新铺就的石台阶登山小道了。石阶小道时而陡峭、时而平缓，相隔不远还设置有可供游人休憩的亭廊。我流连在石阶小道上，极目四处搜索，企图寻找当年登顶的野径，但终究是一无所获。目之所及，多是悬崖峭壁、繁盛草树，心想着以往想要登上鸳鸯寨顶确非易事，但现在沿着新开辟的石阶小道，让人攀走起来已不再吃力，甚至可以让人体验一种赏心悦目或舒心惬意的景致。爬至快到峰顶的最陡处，我干脆就背靠在石阶坐下来，一种居高临下的快意油然而生。

俯瞰之下，在顶峰的另一边，其间的小庙依然香火鼎盛，袅袅升腾的香烟中只见三五成群下去而复返的人，个个面带笑容，定是已求得上签。那时，我在想这眼前的一幕，应该就是那位发心修建这项宏伟工程的大善士想要看到的，他的宏愿已成功德，让这一拨拨善男信女如今可以更轻易地得偿所愿了……

第三次与鸳鸯寨结缘，就是在2023年的国庆节"黄金周"。因近两年来，随着鸳鸯寨森林公园各项设施建设的不断完善，得益于自媒体短视频的盛行，热心游人随手抓拍的照片及短视频、摄影爱好者们不辞辛苦的航拍视频及县广播电视台专程组织多位知名人士携手录制的《鸳鸯寨》MV等不断刷爆网络，一时间让鸳鸯寨名声在外，成为"网红"打卡景点。这便让我再次燃起了重登鸳鸯寨的冲动，趁着国庆节"黄金周"的闲暇，会同几个好友一起攀览。

这次重登鸳鸯寨之行，与之前有所不同的是，我可以选择驱车的方式观览。汽车从嶂背村的入口开始，沿着新开通的蜿蜒公路，两三千米的车程就来到了近山顶的停车场，从停车场步行就可轻松直达鸳鸯寨顶了。鸳鸯寨顶已重新修建有大圆观景亭台，大圆平台中心是一座两层的八角亭——和谐亭，平台的一方延伸出一个"T"形台，整个观景亭台很别致，俨然成了鸳鸯寨的地标。

站在和谐亭上环瞰周遭景致，人群涌动，熙来攘往。如今的鸳鸯寨已不同往日，她已不再是我儿时心中的鸳鸯寨了。有了贤达的发愿开辟，如今的鸳鸯寨正借着乡村振兴的春风，接受着难计其数的游人香客前来观览与膜拜，她也或将那发心者的无私与豁达作为一份厚礼献给更多善信。

再上鸳鸯寨，情难自已，若有所思，感表于下：

丘陵峰竞秀，驻足产溪滨。

天地生灵气，鸳鸯不老身。

隅偏尤立命，庙小亦通神。

求福经歧阻，见谁辞苦辛？

邑贤扬德善，磴道接峻岣。

眼醉飞眸远，莺欢入座频。

芬芳花迓客，幽翠筱为邻。

最喜烟岚绕，诚催绮梦真。

蜚声千里誉，卉木四时春。

览胜轻如愿，风标已立新。

青山多妩媚，只待有心人。

神奇的鸳鸯寨

黄舒婷

　　"黄金镇"这个名字我从小就熟悉，它以特产"黄金姜糖"闻名，小时候吃了不少黄金姜糖，对微辣清甜的口感很是喜欢。最近，我经常在手机上刷到鸳鸯寨这个地方，听说它是新晋游山打卡地。恰逢丰顺县作家协会此次组织大家到黄金镇鸳鸯寨采风，我也跟着大伙儿在春日里出发。在三月的暖阳里，我们一起到鸳鸯寨感受春天的脚步。

　　大巴车在欢声笑语中往目的地驶

去，接近一个小时的车程后，车子停在上湖村路口，"鸳鸯寨公园"几个大字跃然入眼。到了到了！内心的期待有些按捺不住，我迫不及待地想要一睹这片美景。

下了车，便能感受到不远处的热闹。原来今天是原创MV《鸳鸯寨》首发式发布会，空气中仿佛都洋溢着喜悦。我们跟随众人的脚步来到现场。活动设在鸳鸯寨森林公园大门口，这是一首由朱明海作词，陈的明作曲，青年歌手张狄、卓敏演唱的歌曲。悠扬的音符顺着石阶，将朱明海先生热爱家乡的情感，传到每位游人的耳中和心中。

接下来，大伙儿正式走进鸳鸯寨，探寻美景。上山有两条路可供选择，由于时间关系，我们选择坐车上山。山路崎岖，大巴车在中途熄火了一次，甚至还后退滑坡，把大家吓了一跳，这也算是探寻风景途中的小插曲吧！汽车在距离山顶不远处便停下，我们沿着一小段山路步行登顶。绕过几段弯后，视野豁然开朗，站在观景台俯瞰，漫山遍布的都是青翠的颜色。整个黄金小镇尽收眼底，头顶蓝天，脚踏云端，远眺建筑，这是静谧和热闹的神奇结合。

步行下山，更觉鸳鸯寨是颜色的神奇组合。春日的鸳鸯寨，绝对是一场不能错过的美景。因为它融合了亮眼的金色和低调的绿色。

鸳鸯寨是金色的。春日灼灼，几株金色的黄花风铃木静静地伫立在路旁，似穿着黄裙子的少女在阳光下起舞。花如其名，黄花风铃木开花时只见花不见叶，满树的黄色花朵犹如摇曳的风铃，足以与金秋的银杏媲美。阳光透过花树，春色被拉进眼帘，黄花风铃木像极了色彩明艳的油画，点缀着春日的鸳鸯寨。春天是色彩的盛宴，五颜六色都在绽放着自己的美丽。我独爱这一抹亮眼的金黄，虽然规模不大，但黄花迎风绽放，极尽绚烂，小清新的画风让人很舒服。来鸳鸯寨走一走吧！一起来看看春日的这片金黄！

鸳鸯寨是绿色的。从山上顺着石阶往下走，满目皆绿，郁郁葱葱。微风一吹，波澜起伏，沙沙作响，沁人心脾的气味扑鼻而来，顿时化解了登山的疲劳。绿色中有青草的芳香，绿色中有树木的清香，我忍不住贪婪地深呼吸，让新鲜的空气滋养肺部。沿石阶从山顶走到山脚需要一个多小时，但全程走下来竟然不觉得劳累，因为空气中负氧离子含量极高，满满的氧气让人也元气满满。绿色的鸳鸯寨更显跳跃活泼，眼睛在一片绿色中得以放松，这是一场绝美的养眼之旅。绿色铺就最美底色，鸳鸯寨这个黄金小镇中的天然氧吧，成为越来越多人寻找静谧的休闲胜地。

　　"黄金"和"鸳鸯寨"也是个神奇的组合。黄金镇上虽没有黄金，但鸳鸯寨其实就是它蕴含最丰富的金子，这块金子是宝贵的。来看看鸳鸯寨的青山绿水吧！让眼睛和心灵开始远行……

初识鸳鸯寨

纪露露

　　早就听闻你的美名——鸳鸯寨，一个让人向往的地方。而今，终于有机会一睹你的芳容，在一个天朗气清的春日上午。

　　接近一个小时的车程，我们在上湖村路口一块立有"鸳鸯寨公园"石碑的花坪前下了车。花坪后有一方青草地，草地后面，村屋几座，灰瓦白墙，错落有致，在绿树的掩映下显得古朴清幽。草坪右边是一条村道，两旁锦旗招展，映着行人的笑颜。沿着整洁的村道往前走，便来到朱子文化楼前。这里是湖田村综合文化社区，门顶一横幅写着"奖学金大会顺利召开"字样，想来平时也会举行一些文化活动。同行的一位本地老师向我们说起，他很喜欢朱熹，自己的笔名也借用了"朱子"二字。之前就一直听闻黄金镇文才辈出，看着眼前这位儒雅博学的老师，初到鸳鸯寨的我已经感受到这里的翰墨文风了。

再走几步，就是鸳鸯寨森林公园门口。今天上午将在这里隆重举行原创MV《鸳鸯寨》首发式发布会。来到现场，人头攒动，领导、嘉宾已陆续就席，游玩的旅客、当地的村民也纷纷驻足围观。作为悦读会的一员，我有幸与文友一道同行，参与丰顺县作家协会组织的这次采风活动。更难得的是，在现场听到张狄、卓敏两位歌手为大家倾情演唱这首由丰顺县广播电视台副台长朱明海作词、梅州市知名作曲家陈的明作曲的歌曲。悠扬动听的旋律飞满整座山头，也飘荡在每个人的心里。而留给我印象最深的还是朱台长的讲话，他向我们深情说起他参与创作的初衷，那是源于他的"爱情"——对家乡真挚的爱，对家乡深远的情。作为土生土长的黄金人，他对有着美丽故事、美丽传说、美丽风景的家乡无比眷恋；作为新时代的媒体人，他更有强烈的使命感要为宣传家园、振兴乡村贡献自己的力量。生于斯，长于斯，把爱献于斯。这份桑梓长情，令人动容！

那么，是什么样的家乡风景让人这般魂牵梦绕、爱得深沉？我对传说中的这座高山更加神往了。活动一落下帷幕，我便迫不及待跟着队伍前往山顶探个究竟。

当车子缓缓停靠时，我透过车窗向外看去，一条长亭鲜明地映入眼帘。只见那飞檐翘角，轻盈活泼，亭身雕镂精细，一股清雅秀气。于崇山峻岭中瞥见这玉立着的亭子，与印象中在朋友圈、视频号看到的那座顶峰亭很相似，我便以为登顶了，不禁欢呼起来："原来你就在这里！"可是很快就发现自己弄错了，这里只是停车场。"停车场也建得这么别致！"我对山顶的风景更觉神秘了，加快脚步继续前行。

远远地，一条石阶依山势曲折延伸。当我准备拾级而上时，旁边嘈杂的人声吸引了我的目光。我拉上并肩同行的文友凑近一看，"先拜外面天公爷，再往里拜志高将军庙、铁扇公主庙……"一个慈眉善目的阿婶，面带微笑招呼着众人，旁边跟着一个头扎蝴蝶结的小女孩，原来是一家卖香火纸烛的小店。很多慕名而来的善男信女，带着虔诚之心前来拜此神山，求财、求子、求姻缘者皆有之。

在众人七嘴八舌的询问中，阿婶断断续续讲起了鸳鸯寨的传说。

据说，很久很久以前，出身寒门的志高将军与名门高贵的许公主相识相爱，皇帝却因门户之见听信谗言，棒打鸳鸯。二人无奈之下相约私奔，来到一座无名山时被一对好心老夫妇收留，度过了一段幸福时光。不料好景不长，二人终被追兵发现。老夫妇被活活打死，将军、公主也走投无路，双双跳崖。后人伤之，于悬崖处建起4座宫坛，以纪念善良的两位老人及誓死捍卫爱情的将军和公主。宫坛建成之日，一对鸳鸯从产溪边上比翼飞来，久久盘旋。刹那间天公下雨，双鸟不见踪影。待雨过天晴，人们看到两座鸳鸯状的山峰南北对望，高高耸起，"鸳鸯寨"的名字由此而来。而这段打破门户之见、生死相随的凄美爱情，也传为佳话，令无数人唏嘘不已。

"而说起铁扇公主庙，那就更神奇了。话说当年——"正听得出神，前方文友的一声催促打断了我们的思绪："你俩快点儿跟上！"我们这才发现掉队了，赶紧撤出小店，风一般噔噔噔爬上几十级的石阶。

果然是无限风光在险峰。群山环抱中，一座凉亭巍然挺立，势拔诸峰，亭子前方伸出一条栈道，好似悬于空中，俯瞰大地。"终于登顶了！"我内心十分激动，想走近那栈道，竟有些害怕，怕一不小心掉下山去。这是"近山情怯"吗？我定定神，深呼吸，迈出翼翼细步走到边上，顿时山风拂面而来，令人心旷神怡。抬眼远眺，层峦叠嶂，游目骋怀，草木勃发，一片盎然，北可望铜鼓峰，东可观凤凰山；山岚间云蒸雾腾，倏忽变幻，凤翥龙翔，气象万千。向下望去，只见沃野平旷，屋舍俨然，良田桑竹，依稀可辨。悠悠产溪，碧波荡漾，往来车辆，熙熙攘攘，好一幅祥和静好的安居图景！

"鸳鸯寨啊鸳鸯寨，是我魂牵梦绕的地方……"就在我沉醉于眼前这空蒙山色时，耳边传来了深情脉脉的声声朗诵。转身一看，是我们的文友在和谐亭里情不自禁而借歌抒怀呢！

这时，我才仔细观赏起这座"众亭之亭"的别样风采。四角檐牙高琢，精巧工致。亭子分上、下两层，外围都砌有红色栏杆，由下往上规模渐小，远远看去更显挺拔精神。沿着一道螺旋楼梯可登上二层，想必在那里更有一番"会当凌绝顶，一览众山小"的快感。亭壁上，飞龙祥云，绕梁而行；白梅绿竹，点缀其间；山水图卷，徐徐展开。不得不说，那青蓝交错、红黄相间的色彩令人赏心悦目。亭匾"和谐亭"下方刻着"风和日丽　人杰地灵"八个字，映着亭前山色，灵秀生动。

美好的时光总是太短暂，根据活动安排，我们很快开始徒步下山。山道上，树林荫翳，鸣声上下，大家前呼后应，好不快乐！

古人云：况阳春召我以烟景，大块假我以文章。我想，今天我不仅收获了鸳鸯寨这一山的"烟景""文章"——那是个去往诗与远方的地方，让人向往；那也是个相伴身旁的地方，温暖心房——更见证了一份珍贵的赤子乡情，它拨动了每一颗思念家乡的心。

只是，那沁人心脾的山风，还未吹够；那缥缈如纱的云雾，还没看够；那映红恋人脸庞的晚霞，还没来得及欣赏；那闪烁青春梦想的点点繁星，还没有机会细数；那仙人脚印，那九曲龙洞，那八仙石坪，那憨婆抱子，那铁扇公主庙的故事尚待探究……

初识鸳鸯寨啊，让人意犹未尽……

邂逅鸳鸯寨

黎伟民

阳春三月，万物复苏，柳绿花红，莺歌燕舞，鸟语花香，大地一片生机勃勃。近日，有幸跟随丰顺县作家协会来到素有"竹乡"之称的黄金镇，参加由梅州市著名作曲家陈的明作曲、丰顺县广播电视台副台长朱明海作词、广东歌舞剧院独唱演员张狄和梅州市青年歌手卓敏演唱的原创MV《鸳鸯寨》首发式发布会。

当我们来到鸳鸯寨所在的湖田

村村口时，"鸳鸯寨公园"五个大字赫然出现在游人的面前。漫步在两旁有田野、农户菜园的水泥路上，你会看到绿油油的禾苗、小草、野草露出青春的色彩，跳跃着向你奔来。各色的鲜花害羞地浅笑着，想把你揽入它们的怀抱，以表达它们内心的热情与激动。趁活动还没有开始，我们一行人抢先拍了集体照，一张张灿烂的笑容定格在一瞬间。

"传说那座高山，住着一对不老鸳鸯，美得让人向往。……依然温暖心房。"一首曲调悠扬、歌词优美的《鸳鸯寨》在鸳鸯寨森林公园牌坊前响起，把这次活动的气氛推到了高潮。

原创MV《鸳鸯寨》首发式发布会在意犹未尽中告一段落后，我们一行30多人，乘坐大巴车向鸳鸯寨顶进发。汽车在蜿蜒的公路上快速穿梭，眼前掠过一幅幅美丽动人的画面。车窗外，阳光照着公路两旁已经长得老高的松树，发出一阵阵淡淡的松脂香味。那一簇簇茂密的竹林，是黄金镇的一大特色，也是一道亮丽的风景。闻着乡村泥土散发出来的清新，我们兴奋地循着初春的气息，多想让灵动的指尖在黑色的键盘上飞舞，弹奏一曲歌唱黄金镇鸳鸯寨阳春三月的赞歌。

路途，发生了一个小插曲。刚爬坡不久，由

于司机对路况不太熟悉，大巴车突然间停了下来。司机刚想重新启动，不料大巴车却往后退了一下，把大家吓得不轻。于是，大家纷纷下车走路，以减轻大巴车的负担，好让大巴车重新启动。这反倒成了大家抓拍的好时机。"咔嚓""耶！""看过来！""好美呀！"欢声笑语在幽幽的山谷撒了一地，也吸引了忙着采蜜的蜂儿，更吓飞了几只不知名的鸟雀。

　　大巴车很快就开到了鸳鸯寨山顶的停车场。大家都迫不及待地向海拔432米的鸳鸯寨山顶的那座亭子奔去。登山的道路是用大理石铺就的，曲曲折折环绕而上。鸳鸯寨的最顶端建了一座两层高的亭子，叫和谐亭。仰望亭顶，只见金碧辉煌的琉璃瓦在阳光的照耀下闪闪发光。和谐亭上、下各有八个翘角，檐上雕着各种各样精美的花纹。亭子有八个面，每个角上都有八根醒目的三米高的红色柱子，显得坚固无比，美观而又大方。只见亭台楼阁都画上了精致漂亮的各种图案。大家兴致盎然，拿出《鸳鸯寨》歌词，你吟我诵，与亭旁的绿树掩映、蜂歌蝶舞，构成了一幅别样的风景，吸引了其他游人驻足及赞许的目光。亭子的北面，有一条延伸了约10米长的景观台供游人拍照。近处，可欣赏到铁扇公主庙、仙人脚印、志高将军庙、九曲龙洞等景点。遇到晴朗天气，还可以眺望到粤东第一高峰铜鼓峰和潮汕第一高峰凤凰山。极目远眺青山，这不禁让人有了"会当凌绝顶，一览众山小"的感受。

回程，我们从山顶的石阶往下走。一路上，每间隔一段路程就建有一个供游人歇息的亭子，每个亭子都造型精美、构思巧妙、独具匠心，有供人休息的水泥板凳，有供游人欣赏的古诗词，有各种各样的精美图案。微风轻柔地拂过大家的脸颊，几分矜持中透着神秘。

当回到鸳鸯寨的寨门时，用精致的石头雕刻并砌成的寨门上"鸳鸯寨森林公园"七个烫金大字是那样亲切、舒服。山岗两旁黄花风铃木的花朵在尽情地摇曳，露出迷人的笑脸，好像是在欢迎你的到来。一片片、一簇簇，花团锦簇，如锦如缎，粉的、白的，粉而不黛，淡而脱俗，闻着淡淡的芳香，随着心情放飞。

朋友，趁着大好春光，邀上你的亲朋好友，带上你的家人，或三五成群，或携家带口，来邂逅鸳鸯寨吧！

醉鸳鸯

冯六香

故事不长，也不难讲，四字概括，
醉美鸳鸯。

——题记

阳春三月太匆匆，谢了桃花绿了
葱茏。2023年3月18日，春阳融融，春
风和煦，一辆白色的大巴车行驶在盘山
的柏油路上，车内的气氛因为窗外美丽
的风景而显得更加愉快。或许是久未见
面，女文友们见面互唠家常，男文友们

便闲聊工作，有说有笑。这条路我不知道已经路过多少遍，却第一次和这么多人一起路过。车子经过家乡时，窗外的景色在眼里一闪而过，又快又急，既熟悉又陌生，熟悉的是仿佛车窗缝隙里传来的空气，还是带着熟悉的甜味；陌生的是路边不知何时已悄悄地种上了黄花风铃木，黄澄澄的花朵映着阳光挂满枝丫，好似在用尽力气去绽放自己，就怕不够灿烂。潘田米粉加工厂门口的公路边上，晒着一沓沓潘田米粉，在阳光的照耀下，似透明线一样白里透亮，窗外似乎又传来了米粉的香味，连呼吸一下都觉得好饿。田间的烟草已长出新叶，慢慢变粗变宽，带着春天的气息，一片生机勃勃。以前杂草丛生的河边正在建筑堤坝、围栏，铺上砖块。家乡在不知不觉中焕然一新，窗外一切的美景都在吸引着我，好想下车跟它们更进一步亲近，然而，这并不是我们今天停留的目的地。

由丰顺县城往东北方向过去，经过潘田镇，有个地方叫作"黄金镇"。黄金镇就像我们的近邻，与潘田镇相隔十来千米，不少亲朋好友相互往来。小时候，每当听人们讲起黄金镇，我都以为黄金镇是一个盛产黄金的地方，可羡慕了。后查阅资料获悉是旧时冲坑山开矿，由水路运输至此一带堆放，因金光闪闪似黄金故取名"黄金镇"。作为一名土生土长的潘田人，从小到大，吃过不少的黄金姜糖和黄金橙糖，认识不少的黄金友人，却未曾涉足黄金镇。而我与黄金镇唯有的两次故事，都只是路过，太匆匆。

由潘田镇往黄金镇的路上，有座高山叫鸳鸯寨。不知从何时起，"鸳鸯寨"这三个字时不时地出现在微信朋友圈里、抖音上、游人的文字里。在未认识鸳鸯寨之前的很长一段时间里，我曾多次想过抽空偕同家人到此一游，也曾多次偏执地认为这就是一座山，一座普通的山，一座由乡贤捐资修建供村民群众休闲健身娱乐的山，想想便没了游玩的心思。

一个多小时的车程后到达了目的地，一下车，眼前便是一座高高的山峰，鸳鸯寨就这样真切地映入我的眼帘，只见山峰巍峨高耸，漫山层峦叠翠，峰顶似与天空连接，啊，原来这就是鸳鸯寨。"春风若有怜花意，可否许我再少年"，我已多年未曾爬过高山，今日与鸳鸯寨乍然初见，心底沉睡已久的激情瞬间被唤醒，内心雀跃不已，对鸳鸯寨接下来的探究更多了一份期待。

原创MV《鸳鸯寨》首发式发布会设置在上湖

村入口的牌坊下。在门口写着"鸳鸯寨公园"的石碑前拍完集体照后便随一众文友前往会场。路边的野花竞相开放，争奇斗艳；小草长出新芽，郁郁葱葱；田边的小水沟里，几只番鸭扑闪着双翅，观察着往来的游客，似乎在欢迎我们的到来。有文友说：那是鸳鸯吗？引得我们哈哈大笑，果然，身处鸳鸯寨看啥都似鸳鸯。发布会上，《鸳鸯寨》词作者朱明海深情地发言，分享着这首歌从作词、作曲、拍摄到发布的历程，言语听着简单却饱含深情，那句"因为'爱情'，对家乡的爱，对家乡的情"至今萦绕耳旁；著名歌唱家张狄和卓敏就像是一对鸳鸯，他们伴着屏幕上播放的MV深情地演唱着这首歌，让人沉醉其中。不知不觉间，泪已落下。我承认自己是个感性的人，而此刻的感动不言而喻。

未达山顶之前，我的内心一直存在疑问：鸳鸯寨为何叫鸳鸯寨？而不叫凤凰寨或者其他什么寨？文友说：鸳鸯寨是黄金镇的神山，登上山顶，远望东有潮汕第一高峰凤凰山，北有粤东第一高峰铜鼓峰。传说这座高山曾住着一对鸳鸯，让我想到：只羡鸳鸯不羡仙。也有人说因为山顶叉开两座山峰，恰似两只比翼双飞的鸳鸯鸟，因此而得名。传说只是传说，具体如何不得而知。

因为时间的关系，我们乘车而上，大巴车沿着弯曲且陡峭的水泥路直冲山顶，当冲上最后一道弯后，山顶豁然开朗。观景台傲然地站在主峰，等着我们上前和它打招呼。从停车场步行到主峰，左侧路边的几棵大树下有座小庙，树上挂满了许愿便签。因我从来便不信奉这些，故未在此地停留。顺着阶梯而上，观景台就在我们的面前，不少游客第一时间便在此处拍照留念，而我却被眼前的美景所迷，第一时间便跑向"网红"照相平台，想要看得更多望得更远。"远烟笼碧树，陌上行人去"，目光所及之处，千岩竞秀，万壑争流，草木葱茏其上，若云兴霞蔚。蓝色天空下，群山在平流雾的笼罩中若隐若现，整个黄金镇在群山包围中披着一层薄纱，带着神秘的气息，不得不让人想更深入地去探个究竟。悠悠产溪像一条巨龙，横卧在黄金镇的城镇里，水面波光粼粼，岸边竹林随风摇曳，婀娜多姿。从高处往下看，产溪更像是这个城镇的领导者，为这个城镇增添了一分贵气且不负竹乡盛名。站在此处观望，黄金镇尽收眼底，"会当凌绝顶，一览众山小"就是最好的解释。奈何因为我恐高，不敢久待此地，连照片都没拍，便匆匆退回观景台。和谐亭内，传来阵阵朗诵声："传说那座高山，住着一对不老鸳鸯，美得让人向往。……鸳鸯寨啊鸳鸯寨，是我魂牵梦绕的地方。无论身在天涯海角，你的爱啊依然温暖心房。"

俗话说：上山容易下山难。据文友介绍，从上湖村入口登上鸳鸯寨主峰长约3000米的全石登山路大约2300多级阶梯。一步一阶梯，大家顺着林间石阶漫步而下，队伍中有近耄耋之年的文友，有无赖孩童，他们让我们敬佩。一路下来，虽然双腿有点儿酸软，可谁也不喊累，大家一路欢笑着，或停下拍照，或相互打趣，呼吸着林间鲜甜的空气，闻着花草树木散发的淡淡清香，吹着春天里的徐徐柔风，啊，鸳鸯寨啊鸳鸯寨，这是令我们此刻幸福快乐的地方。

今日之行，触目见琳琅珠玉。我爱大海，更爱高山。住在海边城市的好友曾经问过我：生在大山长在大山的孩子为啥还那么眷恋大山？我说：大海有大海的壮阔，大山有大山的雄伟。比起海的深邃，我更爱山的自然。在自然里，一花一草、一树一木，都在诠释着生命的力量，让人更想探究生命的真理。山底、山腰、山顶，所到之处，你都会看到不同的景色，体会不同的心情。谁说不是呢？

美丽的鸳鸯寨森林公园

罗汉都

鸳鸯寨是丰顺县黄金镇美丽的名山，风光秀丽，早已远近闻名，我早就想有机会一定要到鸳鸯寨一游。机会终于来了，2023年3月18日，应主办单位丰顺县委宣传部、丰顺县文化广电旅游局、黄金镇人民政府、丰顺县融媒体中心的邀请，丰顺县作家协会会员、新时代文明实践文艺志愿服务队队员、悦读会会员30多人参加在黄金镇鸳鸯寨举办的原创MV《鸳鸯寨》首发式发布会暨采风活动。

发布会的节目中，由梅州市著名作曲家陈的明作曲、丰顺县广播电视台副台长朱明海作词、梅州市青年歌手张狄和卓敏演唱的原创MV《鸳鸯寨》历经一年多终于正式与大家见面。两位歌手精彩悦耳的歌声深深地吸引了观众，也为丰顺县文化广电旅游局和黄金镇人民政府精心打造的一个新的旅游景点正式拉开了旅游的序幕。

发布会结束后，作家协会会员、志愿服务队队员和悦读会会员进入鸳鸯寨森林公园参观采访。上鸳鸯寨森林公园的台阶用大理石铺成，一路步步登高，直至山顶的和谐亭，途中每隔几十米便建有一个亭台楼阁可供游客歇息观望，欣赏周围的风光美景。从一号亭到最高的山顶上，海拔432米的和谐亭，共有9个亭台楼阁，"9"取长长久久的意思。在和谐亭上可望到粤东第一高峰铜鼓峰和潮州的凤凰山。

鸳鸯寨山峰奇秀，从不同方向看呈现不同的形状，在鸳鸯寨顶景点多多，有九曲龙洞、仙人脚印、八仙石坪、憨婆抱子、志高将军庙、铁扇公主庙等，黄金镇人民政府、丰顺县文化广电旅游局、丰顺县融媒体中心抓住这个天然景点，经过几年的努力，把鸳鸯寨森林公园打造成一个集登高、健身、观光、休闲于一体的旅游胜地，让它成为黄金镇乃至丰顺县最靓丽的名片。

据说，在鸳鸯寨这座高山上，曾经有许多古老神奇的传说……其中一个是这么说的：不知是哪朝哪代，有一位有钱人家的姑娘在产溪河边玩耍，不慎掉入河中，正好志高将军在此经过把她救起，两人便产生爱情。由于志高将军家里贫穷，门不当户不对，姑娘的父母坚决不同意两人在一起，他们便在一个月黑风高的夜里私奔了，姑娘的父母发现后叫了几个家丁来追赶，要把姑娘抓回去，他们慌不择路，爬上这座山，来到山顶悬崖边，无路可走，后边家丁追来，他们便互牵着手从悬崖上跳下去！后来这里便变成一座酷似鸳鸯的山峰，就是现在的鸳鸯寨，他们坚贞不屈的爱情感动了后人，人们为了纪念志高将军和姑娘，便在这里建起一座庙宇供后人祭拜，一直延续至今，香火不断。

我与鸳鸯寨有个约会

彭孟荣

"传说那座高山，住着一对不老鸳鸯，美得让人向往。……"这几句歌词出自由丰顺县广播电视台副台长朱明海作词、梅州市著名作曲家陈的明作曲，广东歌舞剧院独唱演员张狄和梅州市青年歌手卓敏演唱的原创歌曲《鸳鸯寨》。

2023年3月18日，丰顺县作家协会20余人在坐着大巴车一路向北，来到了人人向往的鸳鸯寨。

对于晕车的我来说，坐大巴车是一种挑战。一路上我闭目养神，无暇欣赏窗边的美景，耳边传来了文友们欢快的交谈。或许是太久没见了，又或许是太久没外出散心了，总之大家一见面就像打开了话匣子，一直聊个没完。此时的我心里甜蜜蜜的，加入丰顺县作家协会的感觉真好！工作之余有了文友们的陪伴，相信我的余生将会很精彩！

一个小时后，我们便到达了目的地——黄金镇鸳鸯寨森林公园。一下车，那扑鼻而来的特有的乡村气息就驱散了乘车带给我的不适。哦！是我喜欢的味道，泥土的芬芳夹杂着青草香。"最是一年春好处，绝胜烟柳满皇都。"自古以来，无数文人墨客用诗句来赞扬春天。这也难怪，因为春天实在是浪漫。又加上今天是原创MV《鸳鸯寨》首发式发布会，更是吸引了一大批游人，或驻足欣赏，或停留拍照，只为和鸳鸯寨有个约会。花儿的芳香，大树的新绿，小鸟的欢畅及穿着花衣服的游人，这样的美景怎么少得了我呢，咔嚓一声，就把美好时光封存在记忆的相册中。

顺着游人的足迹向前走，眼前出现了一个华丽的舞台，高端的音响，熙熙攘攘的人群，在大家的共同见证下，原创MV《鸳鸯寨》首发式发布会拉开了帷幕。《鸳鸯寨》曲调悠扬、歌词优美，如同一泓潺潺的细流，洗涤了我的心灵；又如一缕灿烂的阳光，照亮了我的心扉。我仿佛看到了一对恋人相互依偎在历历亭台中，密密丛林中，鸟语花香里，还有那片片红霞中，他们正在互诉衷肠……一曲终了，我的眼眶不禁湿润了。好美的爱情！好深的家乡情！

意犹未尽的我跟随着大部队乘车到达鸳鸯寨山顶的停车场，下车后，我们开始步行向和谐亭出发。对于不爱运动的我来说，爬山是一件格外辛苦的事。别人爬山是为了健身，我爬山是为了征服自己。望着眼前空旷的山顶，仿佛进入仙境一般，茫茫云海，如白色的轻纱在山峰间浮荡飘动，别有一番景致，总算是圆了上次的遗憾。早在两年前我们全家就来过鸳鸯寨，只是那时并不知道可以驱车上来。还记得那是一个炎热的夏天，我们从牌坊出发，望着眼前那数不尽的台阶，我不禁皱了皱眉。"听说山顶上风景极佳，路程也还是很远，一下子就到了，走吧。"丈夫猜透了我的心思说。骄阳似火，我撑着伞一步一个台阶地向上爬，在爬山的过程中遇到了很多游人，有返程的，有往上走的。我心里就纳闷：天气那么热，鸳鸯寨除了山还是山，真不知他们来这图个啥？不一会儿我就累得气喘吁吁，身体也渐渐滞重，额头上的汗水顺着面颊流淌下来……再也坚持不住了，为了不扫丈夫的雅兴，我决定和二宝原地休息，他们父子俩继续前进……就这样我没有爬上山顶，当然也就错过了山顶上的美景！现在我终于体会到游人的心境了，真是不枉此行！

青山绿水，亭台楼阁，怎么少得了诗和远方呢？于是罗主席提议让我们来个"诗歌朗诵"，大家听后，跃跃欲试，都想朗诵一首来抒发一下此刻的心情。一时间，文友们那铿锵有力、激情饱满的吟诵久久回荡在和谐亭中，赢得了在场游人的阵阵掌声……

下山途中，我和几个文友不紧不慢地走着，一边欣赏沿途的美景，一边说说笑笑，倒也惬意。最让我敬佩的还是那两位长者，爬起山来，一点儿也不输给年轻人。但是为了长者的安全，王主席和一位文友紧随其后，一路上保驾护航。这又何尝不是一道独特的风景呢？从长者身上，我收获了坚强的毅力；从王主席他们身上，我收获了敬老之风。

爱山，爱水，也爱鸳鸯寨，期待与她下一次的约会。

生命，因运动而美丽

王洁琼

生机盎然、绚丽多姿的三月，一个户外运动的好时节，一个挥洒汗水、播种希望的季节。遥想少年时期，家住乡下，周一至周五认认真真在校学习，一到周末就可以安排户外活动，心里别提有多高兴，即便基本以做农活儿为主，兄弟姐妹几个依旧乐此不疲，扛把小锄头，拎上小镰刀，向大山进发，既帮家里干了农活儿，又锻炼了身体，有时候还能意外收获一些应季的野菜，真是一举多得呢！如今社会发展了，人们生活富有了，周末便渐渐演变成了一个休息娱乐的假日。爬山运动，既可以呼吸新鲜的空气，又能很好地锻炼身体，成了大多数人周末的选择。正所谓：生命，因运动而美丽；运动，是人生永葆青春的秘诀。

2023年3月18日，恰逢周六，丰顺县作家协会精心组织了一场别开生面的采风活动，我有幸参加了原创MV《鸳鸯寨》首发式发布会，还游览了平日心心念念的鸳鸯寨森林公园。

发布会会场设在鸳鸯寨森林公园牌坊前。我们到达时，现场已经热闹非凡，有老人、小孩，男的、女的，本地的、外地的，一群群、一簇簇，个个喜笑颜开，仿佛都在述说这个春天的故事，又仿佛即将给我们讲述一个美丽的传说。由丰顺县广播电视台副台长朱明海作词、梅州市著名作曲家陈的明作曲、广东歌舞剧院独唱演员张狄和梅州市青年歌手卓敏演唱的《鸳鸯寨》激起了观众的共鸣，现场响起阵阵雷鸣般的掌声。

因时间关系，我们的行程安排是乘车上鸳鸯寨，然后走路下山，所以发布会一结束，我们一行30多人便直接乘车奔向鸳鸯寨顶。

鸳鸯寨是丰顺县黄金镇的名山，风光秀丽，远近闻名。近年来，鸳鸯寨被打造成了一个"网红"景点，名曰"鸳鸯寨森林公园"，当地群众又多了一处锻炼健身、休闲纳凉的好去处；外地游客也常常慕名而来，登高望远，愉悦身心。

汽车沿着宽敞但陡峭的水泥路蜿蜒而上，或许是我们的笑声太大，又或许是沿途的风景太美，大巴车喘着粗气，慢悠悠地朝山顶爬去，不多时，就到了鸳鸯寨山顶的停车场。停车场边上建有长廊，一直延伸到山边，与山边的亭子相连。亭子里已经有不少游客，我以为已经到达顶峰，正准备朝亭子走去，文友却赶紧招呼我继续往前往上走。随着人流，绕过一小段山腰，顶峰赫然出现在眼前。我们先从顶峰脚下的一座庙宇旁经过，只见那庙旁有几棵古木，古木周身都缠有红绸金字的许愿带，我想那定是善男信女的美好愿想。顺着大理石阶拾级而上，顶峰两层高的和谐亭屹立于右前方，而观景台却从左前方伸展出去，犹如横在空中的一把锤子，站在那锤子上向正前方瞭望，整个黄金圩镇尽收眼底。文友们在顶峰稍作歇息，拍照的拍照，谈笑的谈笑，侧耳倾听当地文友讲鸳鸯寨上不老鸳鸯传说的更是出了神——传说那座高山，住着一对不老鸳鸯，美得像人间天堂……

快乐的时光总是过得太匆匆，转眼已到下山时间。按照原计划，我们顺着另一侧的大理石阶缓步向下。俗话说"上山容易下山难"，尤其坡度较陡的山路，更是需要小心谨慎。石阶旁的护栏恰巧给我们提供了一个很好的扶手，在心理上也得到不少宽慰。2300多级石阶依山而铺，或陡直向下，或弯曲盘旋，每隔一段路程就建有一个造型精美的亭子供游人歇息，根本不用担心太累而无法走完全程。等走完全程回到山脚牌坊处时，已是微汗渗襟，腿肚酥酸，不枉自己运动一场。文友们互相说着笑——"看你那小脸，红扑扑的，又变漂亮了，还变年轻了呢！""可不是嘛，生命在于运动呀！运动可是人生永葆青春的秘诀呢！"

鸳鸯寨森林公园已经成为丰顺旅游的地标性建筑之一，为乡镇的品质添上了无限光彩，为人民群众的生活添加了无限乐趣。朋友，近日风光正好，何不呼朋引伴，携家带口，与鸳鸯寨来一场美丽的邂逅呢？

疑是故人来

罗晓珊

"蜜柑甜，酒香醇，如蜜如酒故乡音。乡音里充满孩提乐，乡音里常思念众乡亲。人生得意几回醉，难比醉在乡音里……"这是我中学时代一位语文老师教的歌——《故乡情》，是让我最长情的一首歌。几十年过去了，它依然时时萦绕脑海，让我时时随口吟唱：散步的时候，干活儿的时候，驱车回家的时候……每每唱起来，心头依旧温暖，眼眶依旧湿润。当年我初中毕业后，少小离家，多少个思念故乡、思念至亲的晚上，这首歌盘旋在脑海；多少次回家近乡情更怯的时候，这首歌冲口而出。这里面浓浓的乡情啊，多少次温暖了游子孤独的夜晚，多少次抚慰了游子惶惑的心！

未承想，这一天，我在丰顺县黄金镇鸳鸯寨，偶遇了另一首乡情浓烈的歌——由丰顺县广播电视台副台长朱明海作词、梅州市知名作曲家陈的明作曲的《鸳鸯寨》。

2023年3月18日，我随丰顺县作家协会的文友们一起登上了前往黄金镇的大巴车，参加原创MV《鸳鸯寨》首发式发布会。几年前我游过一趟黄金古镇，印象极佳：绿波荡漾的产溪河绕镇而过，两岸翠竹依依，像极了我的故乡合山口村原来的样子。那时候，我们终年在那清澈的河里游泳、嬉戏、洗衣……那洁白、金黄的细沙让我们流连忘返；那成群结队的小鱼，调皮地亲吻我们洗衣时泡在水里的脚丫。童年，故乡，留给我的记忆，都是那么美好！

今天是我第二次走进黄金镇，发现她比几年前更漂亮了！绿，依然是小镇的主题，三月的黄金，更盛开了许多摇曳生姿的鲜花，每一朵都含笑含情，似乎在欢迎我们故地重游。首发式在黄金镇湖田村鸳鸯寨森林公园门口举行。前来参加首发式的有各级领导和社会各界人士，热闹非凡。会上，词作者朱明海动情地谈起他的创作经历，紧接着，青年歌手张狄、卓敏现场深情地演唱《鸳鸯寨》：

传说那座高山，
住着一对不老鸳鸯，
美得让人向往。
…………
鸳鸯寨啊鸳鸯寨，
是我魂牵梦绕的地方，
无论身在天涯海角，
你的爱啊依然温暖心房。
依然温暖心房。

这时，我蓦然想起我最热爱的《故乡情》，似曾相识的感觉，令我大为震撼！是有多么浓烈的思乡之情、爱乡之情，才能让一群人走到一起，作词、谱曲、演唱、拍摄，才能让那浓烈的爱，流淌成这动人的音乐！人生得意几回醉，难比醉在乡音里！我想，今天的创作者是幸福的，黄金人民是幸福的，也是骄傲的。这片秀水青山，钟灵毓秀，哺育一代代人才辈出，能为家乡打造一个公园、创作一首歌，在丰顺，还是首例吧。

首发式后，我们沿着蜿蜒而上的山路来到了山顶的和谐亭。在这里极目远眺，向北可以望到粤东第一高峰铜鼓峰，向南可以远眺到潮汕第一高峰凤凰山。山间云雾缭绕，山色苍翠。

俯瞰山下群山环抱的黄金古镇，犹如处子安详地依偎在母亲的怀抱；静静流淌的产溪河，带走了多少岁月，奔流着多少故事，哺育了多少才子俊杰！

下山的时候，我们顺着大理石铺成的2000多级台阶逐级而下，依山而建的9座亭台错落有致。山风送爽，翠竹环绕，鸟语花香！这感觉，如同当年奶奶割了山草回家时，收获的喜悦让人轻松而欢喜，让火辣辣的山歌嘹亮地唱出胸口：

久长唔识唱山歌，
鼻孔又塞痰又多；
久长唔识同妹料，
唔知催妹按生疏。

坐下来，聊下来，

聊到两人心头开，

聊到鸡毛会沉水，

聊到石子浮起来……

于是步履亦轻盈起来，笑声亦荡漾起来，山歌亦迎风飘起来！

绿水青山就是金山银山。再游黄金，竟对这片山山水水有着故土般的眷恋，想来这片青山绿水，亦当我是故人了吧。

鸳鸯寨初探

谢娇兰

鸳鸯寨大概是两三年前便听说了，丰顺的朋友发了朋友圈，我便把地址记下来了。碎碎念了好几次，总想去探访，但都未能成行。借宿丰顺县城避暑之暇，决定一探虚实。

走向仍然是昨日往龙归寨的路径，中途分岔，取向黄金镇。古人取名真有意思，既充满想象力又富含美好寓意。

鸳鸯寨与昨日的龙归寨，都有

一个"寨"字，也都是寓意不错的地名。在地方名录中，山区多以"坑"与"寨"命名，而我更偏爱"寨"，占据高地，雄风猎猎，颇似《水浒传》中清风寨给人的联想。而寨主、压寨夫人……更是给人豪侠之气。以前年轻，每次入山贪游，便会被同行戏谑一句：深山老林，当心被捉去当压寨夫人！嘴上怼回，心里却是乐意的。

那么这个鸳鸯寨又是什么样子呢？是地形像鸳鸯，还是另有故事？探访一个地方常常会带着诸多未知的好奇，在一一揭秘中，想象与现实碰撞出一种新的认知，或契合，或迥异，或惊喜，或失望。这也是自由行的一个好处，处处留心，过目不忘，这与跟着导游一起走的团队游差得不止一个级别。

从县城一直向北，一路畅通无阻，约一个小时后，导航戛然而止，目的地已在你前方！只见路侧立有一块长形巨石，上刻"鸳鸯寨公园"五个大字，并无箭头指向。乡道上，烈日下一农妇刚好挑着两个红水桶朝我们走过来，试着向其问路，其实心里也没底，但四下无人，没想到这个看起来大门不迈二门不出的农妇，对我们的问询却很熟络，反应敏捷，她讲客家话，我们说潮汕话，连蒙带猜，知道还有一段山路，陡且长。于是再次启动马达，盘旋而上。

终于到达山顶，看到的是一个建设中的景区局部。据介绍，这是当地外出乡贤捐建的公益项目之一，鸳鸯寨森林公园在各个山头建有9座亭台，目前已部分竣工。

沿竹林栈道循鸟语前行，修竹凝妆，深谷飘云，凉风习习。

绕过栈道上崭新的小庙——公主庙。一路狐疑，公主庙供的是哪位公主？可是没人可问，后来看了景区介绍，有铁扇公主庙、仙人脚印、志高将军庙、九曲龙洞等景名，大略会意了七八成。竹林茂密的栈道其实并不长，很快前面便豁然开朗。来到古树底下，方见有人闲聊，大概是看庙的人，主动向我们打招呼，邀我们饮杯工夫茶再走，竟也说潮汕话。我这才知道这里的客家人，有讲揭阳话与客家话的，也难怪山下问路，对方对我们的表达毫无听力障碍，倒是我们对客家话陌生，听得吃力。

赤日炎炎，但风景在顶峰，阻挡不住热爱大自然的心，一路向上。我们登上的这亭台正好是最高的第九座，是个不错的观景台，名为和谐亭。

站在"T"形观景台，山村、河流、山谷尽在脚下，伸手似可摘云。不时有云雀从身边倏忽而过，丢下一声声清脆的问候。此情此景，套用南北朝陶弘景的一首诗再合适不过了：

> 山中何所有，岭上多白云。
> 只可自怡悦，不堪持赠君。

山中一刻，胜住闹市一年。难怪梁实秋说："人在有闲的时候，才最像是一个人。"

秀美鸳鸯寨

江亚锋

鸳鸯寨，如同大地的一颗璀璨明珠，镶嵌在丰顺县黄金镇的怀抱中，鸳鸯寨森林公园更是集登高、健身、观光、休闲于一体。站在海拔432米的鸳鸯寨顶，俯瞰四周，仿佛进入了仙境般的画卷。

踏上通往鸳鸯寨顶的由大理石铺就的登山道路，清晨的空气中弥漫着清新的芬芳，仿佛一阵仙境的花香。每一步的攀登，都在通往神秘世界，而当我抬头远眺时，整个山脊似乎是通往神仙世界的门户。

攀爬的过程中，空气中的湿润清香愈加浓烈，让人仿佛走进了一个纯净的仙境。登高过程中，空间逐渐开阔，脚下的山径曲折而上，好像螺旋通向云端。远处，两座峰峦映入眼帘，分别是粤东第一高峰铜鼓峰和潮汕第一高峰凤凰山。

鸳鸯寨的每一个角落都弥漫着浓厚的神话传说，仿佛整个山脊都被神仙的足迹所点缀。

站在鸳鸯寨的山顶，可以看到一处特殊的地方，那就是仙人脚印。相传铁扇公主曾在这里留下她仙女般的足迹，仿佛是她在这片山巅舞蹈的印记。仙人脚印犹如一幅神秘的画卷，让人们沉醉在神仙故事的情境中。每一个脚印都是时间的见证，让人感受到神仙舞动的足迹留下的岁月痕迹。

这些神话传说，让鸳鸯寨不仅仅是一座山，更是一片充满传奇故事的土地。游客在欣赏自然风光的同时，也仿佛穿越到神秘的古代，感受着神话故事的魅力。这些故事为鸳鸯寨增添了一份神秘感，让人们在探索的过程中，不仅仅看到了壮丽的自然景色，更沉浸在丰富多彩的传说之中。

踏上鸳鸯寨的登山道路，仿佛进入了一幅四季变换的山水画卷。不同的方向，不同的季节，呈现出令人陶醉的美丽景象。

往北望去，眼前是一片宛如鸳鸯戏水的景象。翠绿的树木在山脚下茂密地生长，形成了一片绿意盎然的森林。这片森林宛如两只白鸳鸯在清澈的湖水中嬉戏，树木的影子投射在湖面上，交相辉映。随着季节的变化，这片绿意也在四季之间轮回变幻，春夏秋冬各有千秋。

往南望去，山川交错，呈现出鸳鸯相会的美好景象。山峦连绵起伏，宛如两只鸳鸯在山川之间相会欢舞。悠扬的山风吹过，带动着树木沙沙作响，仿佛是一曲悠扬的乐曲。这里的景色如画如诗，让人感受到大自然的宏伟和山水的柔美。

往东眺望，山势宛如墨迹般挺拔，展现出文脉气象。山脊上的树木仿佛是一支挺立的文笔，勾勒出层层叠叠的山川。远处的云雾缭绕，宛如文人墨客笔下的仙境。这里不仅有山的雄浑，更有文学意境的恢宏。

往西望去，山势如虎踞龙盘，山川流峙。宛如一幅层峦叠嶂的山水画，令人流连忘返。远处的山峰仿佛是巍峨的虎踞，山谷间的溪水宛如流淌的江河，形成了一幅宏伟壮丽的画卷。这里的景色展现出山川的雄奇和水流的柔美，让人仿佛身临其中。

鸳鸯寨的美丽不仅在于其自然风光的壮丽，更在于四季变换中呈现出的不同韵味。这片山水画中的仙境，让人仿佛走入了一幅永不褪色的山水画卷，流连忘返。

产溪，宛如一条悠悠的丝带，缓缓流淌在鸳鸯寨的周边。这片土地孕育了灿烂的竹乡文化，使得鸳鸯寨成为文化和自然的完美结合。漫步在悠悠的产溪畔，仿佛穿越到了竹林深处，感受到了丰富的乡土气息。

产溪畔的竹乡文化沉淀着丰富的历史和传统。这里的居民世代以竹为伴，将竹文化融入了日常生活的方方面面。竹编技艺、竹文化传承成为这片土地独特的标志。走在产溪畔，可以看到当地居民巧妙地运用竹编技艺制作出各种工艺品，如竹篮、竹椅等，展示了竹乡文化的独特魅力。

产溪畔的竹韵生活如诗如画。居民们在竹影婆娑的环境中生活，清晨，随着晨曦的照射，竹叶泛起淡淡的翠绿，宛如一幅宁静而美丽的画卷。这里的人们依水而居，依竹而生，过着宜人宁静的生活。竹乡文化赋予了这片土地独特的生命力，使得产溪畔的风景更加迷人。

鸳鸯寨的美丽并非仅限于自然风光，更是在当地政府和居民的共同努力下，成为美丽乡村建设的新典范。红色生态旅游带的崛起，为这片古老的革命老区注入了新的活力。鸳鸯寨不仅是一座山，更是一方净土，是人们向往的胜地，也是绿色生态旅游的新引擎。

在美丽乡村建设中，生态保护和文化传承是密不可分的。当地政府加大了对鸳鸯寨周边生态环境的保护力度，通过植树造林、湿地保护等措施，保持了自然的原始风貌。同时，注重挖掘和传承竹乡文化，使得这片土地既保持了自然的生态平衡，又保留了独特的文化内涵。

随着绿色生态旅游理念的深入人心，未来，鸳鸯寨有望成为更多乡村效仿的对象，引领绿色乡村的崛起。这里的红色文化、竹乡风情将继续吸引着游客，成为人们追求自然和谐、红色传统的心灵净土。愿美丽乡村建设的经验在更广泛的范围得以推广，为乡村振兴注入更多动力。希望鸳鸯寨的美丽，成为未来绿色乡村建设的典范。

相约鸳鸯寨

吴其勇

　　丰顺县黄金镇有一处三溪汇合之处，传说那里的山那里的水美得让天上的神仙都曾驻足观赏，什么"鸳鸯寨""仙人脚印""八仙石坪""铁扇公主"……一个个美丽的传说，让人们遐想联翩！

　　是美好的传说也好，美好向往也罢，历代黄金人用自身的勤劳智慧，一次次地印证了那些美丽动人的故事并非完全虚构。曾经的黄金，是有名的竹篾产地，那里编织的箩筐、簸箕、竹垫等手工细密精湛，特别是编织的春盛（一种盛东西的竹器），几十年都不腐不蛀，享誉丰顺乃至广东。听老一辈人说，黄金的箩筐、竹垫，放排（竹筏）至丰良（当时是县城），当天能销售一空，返回黄金时满载用竹器换来的油盐米面，顺水而下，可见黄金人的心灵手巧、智慧超群！而今的黄金粄条、婆油豆干更是名声在外，不少外地游客奔着黄金小吃远道而来，更是增添了黄金福地之实。这就不难理解那些"仙人脚印""八仙石坪"等具有神仙色彩的传说故事了！

秉着前人的智慧，2023年3月18日，一首由朱明海（丰顺县电视台副台长）作词、陈的明（梅州市著名作曲家）作曲、张狄、卓敏（知名歌手）演唱的《鸳鸯寨》，吸引了大批游客观看演唱，奔着歌词中的"鸳鸯寨啊鸳鸯寨，是我魂牵梦绕的地方……"一群由丰顺县作家协会组织的俊男靓女，不但观看了发布会，还驱车前往山顶一览风光。主席一再强调，"老弱病残"者观光后可乘车原路返回，可是作为队伍中的一员，大家都想要领略徒步下山时的美好风光，谁都不愿坐车返回。队伍中有一位年长的罗汉都老先生，80岁了，更是不甘人后，迈着军人的步伐，逐级而下，一步一个脚印，开始时，大家都错落有序，沿着步梯有说有笑、中气十足，谁都不愿意落后而成尾巴，然而，有的人在行进过程中因风景迷人而驻足，有的人因体力不支而停步休息，因而拉长了队伍，拉开了距离！当"先头部队"下到第一个休息亭时，向上望去，长长的石阶上，各种姿势、各种神态往下而行的人都成是一副"步履蹒跚"老人形象。

当我也来到休息亭时，不忘跟大家开了一个玩笑，自顾自地大声叫喊："罗主席说了，老弱病残可以坐车原路返回，现场有谁体力不支的，罗主席吩咐我告诉大家可以回到山顶去坐车。"结果引来哄堂大笑。看到一个小年轻，我又调侃："以前红军长征为了收拢掉队的同志和战友，会派年轻力壮的小伙回原路寻找。现在我们队伍中谁比较年轻？"结果大家"会心"一笑，你望望我、我望望你，都笑着说那小年轻，看来派你回去咯！虽说是笑话调侃，但有时会让人精神振奋消除疲劳，团结人们的力量。当再次出发下山时，力气足的帮那些力气不那么足的背背行囊，互相照顾而下。

好不容易到了山脚下，大家顾不得疲劳，首先关心的是队伍中的长者，不禁驻足回望，慢慢等候，当一个长者由身旁一个年轻人守护慢慢地走进人们眼帘时，不约而同的掌声经久不息，好像在欢迎胜利归来的将军。

一年一次的采风，真的让人难以忘怀！

歌声里的鸳鸯寨

罗增君

景中歌，歌中景。一首歌唱美景的音乐，总能勾起人们的无限遐想。

"传说那座高山，住着一对不老鸳鸯，美得让人向往。……"2023年3月18日，原创MV《鸳鸯寨》首发式发布会在黄金镇鸳鸯寨森林公园山脚下举行，当悠扬的旋律飘扬在山林的每一处，在场的我对眼前的鸳鸯寨顿时有了不一样的感觉。这是怎样的一座山？让人们为她而唱。这是怎样的一座山？让人们对她如此赞美。为了解答心中的种种疑问，我走进了歌声里的鸳鸯寨。

美　丽

盘山公路可谓直达山顶，让我们轻松地来到了鸳鸯寨的制高点，当我们登上和谐亭的时候，看到的风光正如歌中传唱的那般美丽与清秀：弯弯小路通往那诗和远方，历历亭台错落有致歌声飞扬，密密丛林到处是鸟语花香，悠悠产溪荡漾着幸福波光……歌词在令人陶醉的旋律里，生动地描绘出了鸳鸯寨森林公园的全景图。

鸳鸯寨的传说虽然已经久远，但是美景却近在眼前。春日的鸳鸯寨绿意盎然，春风拂面的刹那间，世界仿佛一下安静了，站在亭上俯瞰山脚，看到的是黄金镇沿河而建的圩镇，小洋楼比比皆是，可见这里的乡亲们生活多么惬意。目光远移，是层层的山峦。"你们往远处看，那是粤东第一高峰铜鼓峰，还有那边的潮汕第一高峰凤凰山……"虽然认不出具体是什么山，但是登高望远的愉悦还是让人忍不住拿出手机"咔嚓咔嚓"留影。

"喂——"站在山间向远方呼喊，"欸——"有朋在另一头回应，逗得彼此哈哈大笑。在美丽的地方，就该给自己一个美丽的心情啊！

温　暖

　　鸳鸯寨历来就是丰顺县黄金镇的名山，近年来，在黄金镇众多杰出乡贤的热心赞助下，打造了一个集登高、健身、观光、休闲于一体的鸳鸯寨森林公园。公园内精致漂亮的亭台楼阁和"挑战勇气"观景台，吸引了一波波的游客前来打卡，所以鸳鸯寨现在是远近闻名的"网红"旅游新景点。

　　打动我的除了风景，还有那一片片"栽"出来的乡梓情。在下山的途中，沿路都可以看到热心人士捐赠种植的树木。树木已长得比人高，在为大自然添绿的同时，也传递了他们对家乡的热爱与守护之情。公园内的每一处风景，皆有他们的用心与支持，这是他们对家乡的回报，也是对家乡的牵挂。"鸳鸯寨啊鸳鸯寨，是我魂牵梦绕的地方，无论身在天涯海角，你的爱啊依然温暖心房。"我终于明白，作词人为什么能写出这些打动人心的歌词了。鸳鸯寨不只是一个风景区，更是家的象征，这里有游子们对家乡的爱，也有家乡给予游子们的温暖。

　　在爱与温暖的地方，就应该被感动、被打动啊！我不由得再一次点开了那首《鸳鸯寨》……

鸳鸯寨之行

王云端

　　魂牵梦萦的鸳鸯寨，我们来了……

　　首先映入眼帘的是"鸳鸯寨公园"五个大字，文友们迫不及待地停下脚步，拍照留念，迫切地留下精彩瞬间。进入公园，抬头仰望，鸳鸯寨的山峰高耸入云、气势磅礴、蔚为壮观。

　　鸳鸯寨森林公园位于丰顺县黄金镇，其山峰被誉称为黄金镇"镇山"，是白溪、产溪、龙溪的交会点，海拔432米。鸳鸯寨有仙人脚印、九曲龙

鸳鸯寨

086

洞、八仙石坪、憨婆抱子、志高将军庙、铁扇公主庙等景点。

上山有两条路，山的一边是简易公路，另一边是石阶。我们是坐车上山的，公路崎岖陡峭，大巴车不时发出轰鸣，显得非常吃力；有一段路特别崎岖，车突然停了下来，并后退一阵，其震动声，吓得大家一片惊叫。待车停稳后，部分人先下车，并从路边捡来石块，顶住后轮，车子才顺利地重新启动，等爬到一个平缓路段，我们才重新上车……经一番折腾，我们终于到了山顶，大家的心才安定了下来。

到了山顶，只见一个宽阔的大坪，中间有一个高高的凉亭，凉亭早已挤满了人，好多小孩在凉亭外欢快地跑来跑去，俊男靓女们在争相摆姿照相，好不热闹！观景台很高，有二三十米吧，好些女同志十分想到前端眺望，但又害怕，但有一些同志还是忍不住向前方挪动脚步，一时间忘记了自己的恐高。我虽然有些恐高，为了开开眼界，还是一小步一小步往外移，经过好大的努力才到达围栏处，这里确有"一览众山小"的感觉，让人感到胸怀开阔。在这里可望见粤东第一高峰铜鼓峰，可以望见潮汕第一高峰凤凰山，也可以观望到黄金镇全景，那种快感，简直无法形容。

　　……这就是今年（2023年）三月，我们参加的由丰顺县广播电视台副台长朱明海作词、广东省优秀音乐家陈的明作曲的原创MV《鸳鸯寨》首发式发布会，活动中，我们欣赏了由梅州市青年歌手卓敏、广东歌舞剧院独唱演员张狄演唱的《鸳鸯寨》，那歌词、那旋律，至今仍在心中回荡……

难忘的拍摄经历

朱文吉

拍摄鸳鸯寨的云海日出是一次难忘的经历，它不仅给我带来了一场视觉盛宴，更让我领悟到了执着追求所带来的满足感。

当接到《鸳鸯寨》MV的导演任务时，我既兴奋又紧张。为了完成好这个任务，我前期做了大量的准备工作，查阅资料、寻找对标，希望能够在互联网世界中找到灵感。看了大量的优秀作品后，我决定融合众家所长来完成这部作品。从每一个细节出发，力求完美地呈现出鸳鸯寨的美。经过一周的分镜设计，我们意识到大自然的独特光线是呈现别致的鸳鸯寨的关键，因此我们开始了攀高山、遇云海、等日出的旅程。

第一趟上山时，为赶在第一缕阳光升起之前，我们提前到达山顶，在黑夜下，思绪异常激动，完全没有感受到寒风的存在。随着黎明的到来，天色逐渐变亮。我突然打了个喷嚏，这时我意识到云海日出只是小概率事件，坚定地笑着对同行的摄影师说："因为难得才有大片的震撼啊！"

我们一次又一次地赶在第一缕阳光升起之前来到山顶的观景台，其间知道了要穿更厚的衣服上山，了解了在手机上看日出日落时间，懂得了什么时候可以提前下山……直到第五趟来到山顶，我和摄影师蹲坐在和谐亭二楼，原本活泼的气氛变得沉默。然而，太阳依旧选择在高挂半空时才跟我们打招呼，来回五趟的爬山经历让我有些疲惫，摄影师嬉皮笑脸地对我说："难得才能出大片嘛，走，去吃你们的黄金炒粄。"我走到观景台，看着若隐若现的铜鼓峰，不禁失落地低下头，阳光通过云层的折射，照耀在从山脚通向山顶的由大理石铺就的一级级阶梯和一座座亭台楼阁上，满山绿植点缀其间，显得格外耀眼。我不禁感叹这得要经过多少人的努力和坚持才能造就如此景象啊！正是这些努力和坚持，才让鸳鸯寨变得更加丰富多彩。想到这里，我坚定地对摄影师说："走，吃黄金炒饭！"

直到第七次上山，沿路大雾弥漫，我全神贯注地开车，来到停车场时，天已经亮了，山上没有大雾，和谐亭异常清晰。我转身看向车窗外，立马激动不已，使劲地边摇边叫副驾驶位的摄影师："快，快，快拿好设备上山！"摄影师揉了揉眼睛，看了看窗外，立刻回过神来，迅速拿起设备往山顶跑。一路飞奔，时而欢呼，时而雀跃，时而感叹道："有了，有了，终于有了！"

我们来到眺望台，耳边传来风声、鸟叫声、流水声，脚下的云雾时而飘动，时而变幻。远山都被云雾包裹得严严实实，略高的山峰有的崭露头角，有的微显山脉，形成了天空与云海的分界线。铜鼓峰和凤凰山竞相争高，勾勒出一幅灵动、变幻莫测的水墨画。在和谐亭的映衬下，我就像不小心闯进了南天门的猴子，沉浸在这美妙的自然画卷中，仿佛自己也成了画中的一部分。突然，一束强光打在摄影师的脸上，他眯眼看了看光源方向，又迅速低下头紧盯无人机遥控器，屏住呼吸却又控制不了奔跑后的喘息。他紧盯着屏幕，生怕错过每一个瞬间。我转身朝光源方向看去，红日缓缓冲出云海，被染红的云雾四处乱转，生怕挡住太阳的金光纷纷避让，金色的光芒投射在各座山头，水墨画般的风景瞬间被染上了色彩。金色的阳光透过云层洒在我的身上，穿透了我的躯体。我感受到了一股强烈的能量，仿佛灵魂之门被撞开，心跳声、喘息声此起彼伏，奏响一曲让人在恢宏的气势中感受人与自然的交响乐。

云海渐渐散去，太阳慢慢恢复往常的模样。我心中充满了不舍。最终，我们拖着沉重的步伐，努力地离开了鸳鸯寨。

鸳鸯侣

徐许群

"你明天出发吗？"一个浑厚的声音从手机里传出来。

"嗯。"我握着手机，看着玻璃里被灯光映照出的斑驳影子。

"我等你！"

我没有回答，沉默良久后按掉通话键，望着窗外，万家灯火，璀璨通明。

车随路转。我靠着椅背，望着不断往后的建筑，任由思绪乱飞，慢慢地，眼前的景物逐渐模糊。混沌中，一阵阵交织着泥土、树木和花草的味道从车窗飘进来。这熟悉感让我的心不由一缩。记忆深处的那个地方快到了！

在那里，我度过了快乐与悲伤交杂的童年和青少年时期。7岁那年，因为户口原因，我被父母送回了老家读书，跟着奶奶生活。奶奶无微不至地照顾我，但是我对父母的思念就像埋在心里的一根线，扯一扯就会疼痛。父母几乎过年才回家。最初，他们高高兴兴地提着大包小包回来。之后，他们会把怨气、怒气带回来，一点儿小事就吵翻天，对我也越来越不关心。再之后，他们轮流回来，总在我面前说对方的不好。最后几年，他们只寄回了钱。他们最后一起回来是为了操办奶奶的丧事和商量我的去处。

我被分给了父亲，父亲说已为我找了一个新妈妈，但我没有跟他去城里，还是选择留下来读完高中。考上大学后，我就再也没有回来了。

决定买票回老家后，我做了几次梦，都是重复以前的回忆。有次梦见父母牵着我的手去爬山，爬着爬着，只剩下了我自己，在梦里，我就安慰自己这只是梦，但依旧感觉空荡荡的，醒来后，我哭了。空荡荡的感觉自从遇到他之后才慢慢消失。

我和他的相遇非常普通。上大学后，我再也没有拿父母一分钱，学费和生活费都靠兼职。一次，我们在同一个商店兼职，一场雨、一把伞就开启了我们相识相知相恋的甜蜜时光。最近，他说要结婚，这一下惊醒了我。我从来没有想过要结婚，"万一结婚之后很糟糕呢？还是不结婚好，不用担心。"想提分手，却又舍不得。令我无比眷恋的是生病时的那杯热水，遇到困难时的那双温柔坚定的手，迷茫无措时的那个拥抱。

　　内心烦闷，于是我决定回老家走走。

　　车继续往前，一路各色山花相随。车在一处宽敞的村道停下，我拿好行李，走下车，往记忆中家的方向走去。一路上，多年未见的阿叔、阿婶一看到我便大声喊道："阿妹，你回来哩！"一声声的呼喊犹如这山林间的风，清新怡人。

　　老家的房子，自从奶奶去世后，就一直空着。父亲每年过年都会带着一家人回来，但我总以加班为由，拒绝他的邀请。简单收拾后，我站在二楼阳台往四周眺望。

　　远处，一座绿意盎然的山峰静静地屹立在那里。小的时候，奶奶总会手指着山的某处，眯着眼睛对我说："阿妹，你看这就是一只鸳鸯。"又指着另一处，说："这是另一只。你看出来了吗？"
我总是似是而非地点头，其实，像不像"鸳鸯"，
我不在乎。那时的我只知道这座被大人们称为"鸳
鸯寨"的山上有很多好玩的。

年少，曾经跟伙伴们一起登上鸳鸯寨顶。多年
之后，鸳鸯寨清晨的第一缕阳光就像当时脚下的云
雾，时不时在我脑海中萦绕。它如此耀眼夺目，我
第一次深切感受到了大自然的力量，感受到了生命
的灵动与希望。

打定主意，明早爬鸳鸯寨。夜晚，此起彼伏的
虫鸣声伴我入眠。梦影重重叠叠，梦中有笑容满面
的父母，有慈祥的奶奶，也有温暖如朝阳的他。车
水马龙的大城市，没有如此令人心安的虫鸣声。

清晨，沿着熟悉又陌生的村道，我来到了一块
景观石前，石头上雕刻着"鸳鸯寨公园"五个醒目
的大字。再往前走，就会看到高大的公园门口牌坊
上书"鸳鸯寨森林公园"七个烫金大字，门后是一
条用大理石铺成的登山道路，蜿蜒而上，直至鸳鸯
寨顶。昨天跟邻居阿婶闲聊，才知道是这几年外出
的乡贤捐款修建了这个公园。

沿着大理石台阶，我拾级而上。两旁的树木郁
郁葱葱，古朴高大，错落有致，仿佛五线谱上的一

串串音符，风一吹，就奏响轻柔而悠扬的乐曲。

人往上走，一个画面忽然在脑里闪出：一个身穿红裙子的小女孩一手牵一个大人，蹦蹦跳跳地往前走。那是我回老家读书的第一个新年，父母带着我去拜年。我穿上母亲买的新衣服，到处跟小伙伴炫耀，后来去看玩伴玩鞭炮，一急跑太快，擦破了衣服，还跑回家向父母哭诉。

儿时有关父母的回忆像这样美好的，屈指可数，更多的是两人吵闹、摔东西。每当那时，我都躲在屋内角落里小声哭泣。屋外的声音幻化成了一把利剑，不断地在我的心上划口子。

父母的最后一次争吵发生在办完奶奶的丧事后，"她一直跟她奶奶生活，我现在工资也不高，我不想要！"母亲冷漠地说。

父亲大声地驳斥："她已经多年跟我妈生活了，现在也该轮到你负责了！"

因为"我该跟谁"的问题，两人又开始了大战。我在旁边紧紧掐住手指头，盯着他们。

两个人如果最终走向劳燕分飞，当初又何必结婚？童年的经历让我对爱情、对婚姻充满了恐惧。后来遇到了他，他的温暖、体贴慢慢抚平了我内心的伤痕，但是他提议结婚，又让我陷入了无尽的否定中。

"哎，听说这里有个凄美的爱情故事呢。"身后传来的好奇声打断了我的思绪。我往后面一望，不知不觉间，已经登上了无数的台阶。层层台阶直通山脚，公园的牌坊犹如一颗绿色海洋的粟米，在云雾中浮沉。依山势曲折延伸的台阶上，一群一群的游人有说有笑。

有关鸳鸯寨的传说，夜空下，奶奶总会跟儿时的我说起，将军和公主相识相爱，却又因门户之见爱而不得，最终私奔到一座无名山，最终被发现，走投无路而跳崖。后来，人们在山崖处为纪念他们建起了4座宫坛。建成之日，一对鸳鸯从产溪边上比翼飞来，盘旋于宫坛的上空。天降大雨，雨过天晴后，两座鸳鸯状的山峰南北对望，高高耸起。以后，人们来到这里求财、求子、求姻缘，公园修建之后，更多的人慕名而来。

用大理石铺就的登山道路蜿蜒而上，直至鸳鸯寨顶，依山而建9座亭台供人休憩。我来到一座亭台，坐在石凳上。此处比较隐蔽，翠绿的竹子环绕，阳光如清洌的泉水般从竹子的缝隙中流出来，竹影婆娑。

两个头发花白的老人家坐在了我旁边的石凳

上，老奶奶笑着把一瓶矿泉水递给我："阿妹，要喝水吗？"我摇了摇头。老奶奶和老爷爷相视一笑，又从包里拿出了一个甜粄，问道："阿妹，要吃吗？大清早，我们两个人去逛圩，看到这个就买了。"看到甜粄，我一下子想起了奶奶。奶奶是一个勤快的老人，每天都像陀螺一样干活儿，养鸡鸭，种四季瓜果蔬菜，还常常在我放学回家时端出各种美食，如油角、甜粄、艾粄。那时家家户户都烧柴火，她常常带着我去山上捡老竹壳，耙干松毛。产溪盛产竹子，家家户户都会编织箩筐、簸箕等竹器，在村里，奶奶的手艺一绝，竹篾在她的怀里跳跃着，一个箩筐便慢慢成形了。每年过年，她都喜欢蒸这种粄，甜甜软软的。

"别介意。山脚下，我们就注意到你了，看起来心事重重。登山时，不像其他人成群结队，也不去拜拜。"

老奶奶慈祥的笑脸、温和的嗓音，让我这几日上上下下的心，受到了抚慰。父母每次争吵，我躲在屋内哭泣时，奶奶都会推开房门，牵我走出黑暗的房间。陌生长辈的关心，就像奶奶伸过来温暖的手掌。我不禁把埋在心里的事全都说了出来。

讲完后，远处山涧的鸟鸣声时高时低，我的

心不由得随之颤动。再次说起这些事，我以为我会哭，但是逝去的年月已让它们成了儿时不小心放走的气球，越飞越远……

老奶奶拉住我的手，心疼地说："阿妹，以后的人生会好起来的！"一旁的老爷爷也点了点头。

她继续说道："婚姻没有绝对好，也没有绝对坏。阿妹，你不迈出第一步，始终不知道你自己的婚姻是好是坏。就像这条山路，你只有不断往上攀登，才会知道前方会出现怎样的风景。"

老奶奶夫妻俩约我一起爬上山顶。有他们的陪伴，登山之路一下就轻松起来了。老奶奶一路跟我讲他们的故事，相恋、结婚、生子、抚养三个孩子长大，"我们也会有争吵，但没有人想要吵赢，婚姻没有谁对谁错，都是互相理解、支持和付出！"

转眼间，我们三个人就登上山顶。一座名为"和谐亭"的两层八角亭在山顶巍然挺立，阳光下，金碧辉煌的琉璃瓦闪闪发光。亭前方伸出一条约10米长的栈道。我站在栈道的尽头，山风迎面吹来。抬眼眺望，重峦叠嶂在云雾中隐现；往下俯瞰，近处绿树成荫，夹杂在绿荫下有星星点点的红果子，我还记得这是马甲子，下霜后吃起来就甜甜的，远处产溪蜿蜒而来，如一条游龙在群山间盘旋，两岸房屋鳞次栉比。

　　下山的时候，我在身后看着老爷爷和老奶奶手拉着手顺着台阶慢慢往下走的身影。阳光照在他们身上，我仿佛看见了一对鸳鸯相依相偎，脖颈相靠。

　　我拿起手机，按出熟悉的数字。电话响一声后，一个浑厚的声音从里头传出。

鸳鸯寨火了

杜捷源

位于丰顺县黄金镇湖田村的鸳鸯寨森林公园，自2019年建成开放以后，不断地火起来。

看那密密麻麻的车辆，看那络绎不绝、操着南腔北调的人群，就能亲眼看见鸳鸯寨的火爆场景。

鸳鸯寨的火，是因为环境独特，山峰巍峨秀美。它海拔432米，一条用大理石铺就的登山道路，2000多级石阶和一座座亭台楼阁，蜿蜒而上，直至峰顶。沿途绿林覆盖，漫山葳蕤茂翠。极目远眺，阳光和煦，云霞熠动，群山如浪，绵延不断，梦幻缥缈。登上峰顶，北观似鸳鸯戏水，绿意盎然；南视如鸳鸯相会，吉庆祥和；西看若虎踞龙盘，山川毓秀；东眺如巨笔挥毫，好一派文脉气象。仙人脚印、九曲龙洞、八仙石坪、憨婆抱子、志高将军庙、铁扇公主庙等，栩栩如生。山顶的和谐亭更是别具一格，匠心独运：亭子上、下两层，四角檐牙翘起，外围用红色栏杆砌就。亭壁上，飞龙祥云，绕梁而行；梅花绿竹，点缀其间；山水图案，徐徐展开。站在和谐亭远眺，粤东第一高峰铜鼓峰和潮州名山凤凰山清晰可见，黄金镇尽收眼底。鸳鸯寨，此美景，怎能不火？

鸳鸯寨火了，那个有关鸳鸯寨名字由来的美丽传说，为人津津乐道、口口相传。志高将军勇救落水的许氏公主后，两人情窦初开，而皇帝极力反对。两人私奔至无名山，被善良的老夫妇收留。尔后，官兵追至无名山，打死两位老人，志高将军和许氏公主跳崖殉情。后人建起4座宫坛，纪念两位老人和志高将军与许氏公主。建成之日，一对鸳鸯从产溪边飞来久久盘旋。突然大雨如注，双鸟不见踪影。雨过天晴，两座鸳鸯般的山峰南北对峙，高高耸起，便谓之"鸳鸯寨"，这善良、这悲情、这凄美的故事，传着传着，把鸳鸯寨传火了。

鸳鸯寨火了。原创MV《鸳鸯寨》首发式发布会于2023年3月在黄金镇森林公园举行，由知名乡贤朱明海作词、梅州市知名作曲家陈的明谱曲、广东省知名歌手张狄和梅州市知名青年歌手卓敏联袂演唱的《鸳鸯寨》，歌声优美动听迅速走红，点击率极高：

传说那座高山，
住着一对不老鸳鸯，
美得让人向往。
…………
鸳鸯寨啊鸳鸯寨，
是我魂牵梦绕的地方，
无论身在天涯海角，
你的爱啊依然温暖心房。
依然温暖心房。

那饱含着自然美、乡土美、人情美的歌曲《鸳鸯寨》，众口传唱，把鸳鸯寨唱火了。丰顺县作家协会的作者和文学爱好者，撰文描绘鸳鸯寨的秀美，一篇篇文章推介鸳鸯寨，鸳鸯寨，焉能不火？

鸳鸯寨之"火"，"点火人"是黄金各位热心乡贤，他们共同捐资建造了这一座集登高、健身、观光、休闲于一体的风景优美的民生公园，造福于民，让鸳鸯寨火了，黄金火了。

火了的鸳鸯寨将更火！

鸳鸯寨森林公园

黄绍山

鸳鸯寨森林公园，在还没有去之前，早有耳闻其自然风光独特，每逢假日，看到微信朋友圈总有旅客晒出那里的美图和美景。

森林公园位于丰顺县黄金镇湖田村，鸳鸯寨海拔432米，登上主峰有三条道路可以选择：湖田村的上湖，这条路的登山口有一个大牌坊门，建造大气雄伟，文人墨客大多喜欢从这条路登顶；如果喜欢挑战难度，可以走大梅村的登峰道，这条道路依山坡而建，沿着蜿蜒而陡峭的山峰，足以让喜欢登山的游客过足瘾；还可以从嶂背村的宽水泥路进山，这条路即使是大巴车也可以行驶到离主峰不远的山顶停车场。

借着原创MV《鸳鸯寨》首发式发布会，我作为采风组的一员，有幸来到鸳鸯寨森林公园。在湖田村文化广场，偌大的停车场里各种花草有序排列，浓浓的乡土气息扑面而来，现代化的建筑与依然保持40多年前风貌的瓦房紧密相连。

在湖田文化站休息片刻后，前往主会场。主会场周边，彩旗飘扬，红地毯铺设在进山的石梯上，LED大屏幕竖立在石牌门前面。来自各地的文化名人和观众都在期待这场发布会尽快开始。随着音乐声响起，穿着艳丽的主持人上台了，在简单介绍这首歌的创作背景后，词作者声情并茂地诉说着对家乡鸳鸯寨的那份深厚感情，没有华丽的语言，更多的是深情流露。歌唱者现场演唱时，就像是一对鸳鸯对唱，把鸳鸯寨的自然美和人文美唱得淋漓尽致，现场的观众陶醉于美妙绝伦的情景中，通过网络直播，也让不在现场的观众领略鸳鸯寨独有的自然和人文景观。

由于时间关系，去鸳鸯寨主峰，我们选择从

嶂背村进公园，大巴车开足了马力，不一会儿就到了山顶停车场。一下车，就可以望见停车场边的凉亭，下车后，在广场边上，鸳鸯寨森林公园的修建背景和相关介绍图赫在眼前，图中的他们是本地杰出乡贤，他们富裕不忘家乡建设，捐善款修公园。

沿着水泥路往主峰方向走去，一抬头就可以看到主峰上的凉亭，当走到主峰脚下时，几棵上百年树龄的大树长在山峰口，大树下，有一座小庙宇和一个小卖铺。善男信女经过此地往往会把祈愿牌挂在大树下，那里有一个很小的观景台，站在台上，可以眺望山脚下的白溪和龙溪。顺着大树后面的登峰道继续往下走就是往大梅村的方向下山。

这个时候是爬坡的过程，呈"Z"字形的人工石阶梯，扶着石栏杆，一步步往上爬，当到达主峰顶，和谐亭成了主角，8根大石柱架在外面，上二楼的阶梯沿着中间一根石柱上去。亭内画了许多寓意吉祥的图案和书法字。彩色艳丽，远远看去，和谐亭就是一朵在上山盛开的莲花。游客走累了就在亭内坐着纳凉，有说有笑，远处的风景不用太刻意，就能看到它们，而山脚下的美景就必须来到和谐亭旁边的观景台。游客来到后，都会往观景台走，站在上面，有一种"一览众山小"的感觉，镇中心的房子，几条河流清晰地在眼前，犹如从100多层的楼顶俯视。听说鸳鸯寨有一个古老传说，一对鸳鸯很可能在距离鸳鸯寨森林公园主峰不远的两座山住下，当游客下山的时候，这对鸳鸯或者其他鸳鸯也许会到这里约会。

下坡成了看似简单而不简单的体力活儿，顺着石梯往下走，植被茂密，相隔不远处就有凉亭等候着游客，好像凉亭知道游客经过陡峭的下坡路后肯定要在此歇脚。最陡的莫过于好汉坡，笔直的坡，把半山腰的风景尽收眼底。

游客边走边看，边看边说，尽管路途陡峭，走得腿脚酸痛，但沿途的自然风光和美丽的鸳鸯传说，让游客早已忘记因体力透支而产生的疲惫。

几处凉亭下，谈笑声声声悦耳，一阵阵凉风吹来，虽是烈日普照，却是心情愉悦。路边的山花山草，还有竹乡的竹，再加上爱心人士种下的香樟树和黄花风铃木，这份独有的景色，让这片沃土人杰地灵，人才辈出。

美哉，鸳鸯寨

高碧青

　　有没有一个地方令你心驰神往，有没有一个地方因为名字而让你念念不忘……鸳鸯寨，就是这么一个令人心驰神往、念念不忘的地方。

　　第一次听到"鸳鸯寨"这个名字，我就被深深吸引了。鸳鸯向来受到人们的喜爱，卢照邻在《长安古意》中云："得成比目何辞死，愿作鸳鸯不羡仙。比目鸳鸯真可羡，双去双来君不见。"李白也有《舞曲歌辞》云："愿作天池双鸳鸯，一朝飞去青云上。"人们习惯把鸳鸯比喻成忠贞不渝的夫妻。我想，鸳鸯寨应该也有一个美丽的传说。

后来才知道，正如我猜想的那样，在鸳鸯寨，流传着一个凄美的故事。相传很久以前，志高将军救下掉落水池的许氏公主，两人由此相爱，不承想遭到皇帝的反对，于是，他们私奔了，来到无名山上时被两位善良的老人收留，从此他们就居住在无名山上时度过了一段甜蜜、幸福的时光。然而好景不长，官兵追至无名山上，打死两位老人，而志高将军和许氏公主则跳崖殉情。后来，人们为了纪念许氏公主、志高将军和那两位善良的老人，在许氏公主和志高将军跳崖的地方，建起了4座供奉香火的宫坛，分别取名公主、将军、伯公、伯婆。据说，这些宫坛很灵验，吸引了四面八方的善男信女。

鸳鸯寨的美，不仅仅在那段凄美的传说，更在其周边的景观。

2023年4月初，我们全家驱车前往鸳鸯寨公园。出发之前，我们已经做好相关游玩攻略。因为有小孩随行，所以我们在山脚下的公园停车场下车。一下车，刻有"鸳鸯寨森林公园"七个大字的全石牌坊就赫然映入我们的眼帘。牌坊的前面摆放着成双成对的石雕狮子和石雕大象。民间流传，狮子和大象都是"瑞兽""神兽"，寄予着万象更新、吉祥如意等美好愿望。牌坊有了石狮子和石大象的点缀，不仅避免了单调，更增添了灵气和美意。

我们沿着大理石铺就的登山道路漫步而上，此时正是黄花风铃木的盛花期，一树树的黄花，黄得耀眼、黄得惊艳，吸引了不少游客驻足拍照留影。这不禁让人生发璀璨的人生追求。人间四月，不但有黄得灿烂的黄花风铃木，还有红艳亮丽的杜鹃。那一簇簇的杜鹃如火如荼地生长着，大概因为我们的到来，这些杜鹃似乎更精神了，它们好像在嚷嚷："我在生长，我在生长！"每一簇杜鹃都在努力做最好的自己，只要我们仔细观赏，就会发现它们在向人们传递着春天的气息，彰显着火热的青春和无穷的生命力。偶尔微风拂过，杜鹃随风摇曳，招惹了春光与清风。这般的红与黄，还有那丛林的绿，构成了一幅多彩的风景图。

美哉，道旁景！

沿着山道而上，你会发现道旁建有多座雅致的亭台，取名为"平安亭""和谐亭""祥和亭""友谊亭""厚德亭"等，这些亭子可供游客休憩、赏景或谈心，对老人和小孩特别合适。走走停停间，大家除了能尽情享受大自然的美好，还能欣赏亭台楼阁上嵌的壁画，感受艺术之美。说到亭台楼阁，我觉得鸳鸯寨顶的和谐亭最为有趣。

听当地村民说，鸳鸯寨森林公园平时吸引了很多游客到这里登高、观光，节假日尤甚，当然也有不少慕名前来的广场舞队到和谐亭取景拍摄。和谐亭的内壁是用瓷砖烧制而成的，镶嵌其上的精美壁画不单有七仙女送子、竹林七贤传说等图案，还有一帆风顺、天官赐福、福寿康宁等寓意的图案。和谐亭最顶上的壁画是双龙吐珠，周围祥云环绕，好一派吉庆祥和。我不禁感叹：这里的亭台楼阁，真可谓"雕梁画栋"。当然，登上观景台，享受着天

然氧吧，元气满满自不必说，还能将黄金镇一河两岸的美景尽收眼底。鳞次栉比的楼房，在大山的怀抱里是那样安详、和谐！

美哉，鸳鸯亭！

鸳鸯寨森林公园的建成，多得乡贤们的大力支持。近几年来，黄金镇因地制宜，充分发挥乡贤资源，深入开展乡贤兴村行动，赋能乡村振兴全面发展。乡贤们用主人翁精神与主力军担当，奋力书写丰顺高质量发展新篇章。

黄金沃土出人杰，鸳鸯寨上赏秀景。

美哉！鸳鸯寨！

初访鸳鸯寨

欧雪华

无数次在梦中浮现出的那一脉绵延的山冈问我："你知道鸳鸯鸟吗？它们居住在同一个山寨。寨在山脉上，山邀我去探幽。"那一派引人入胜的自然奇观，美丽浪漫的梦，与日月星辰同飞行，有"海山仙山，蓬莱仙境"的意境。这是丰顺县黄金镇新建的一个景点——鸳鸯寨森林公园。

鸳鸯寨森林公园位于黄金镇附近一条山脉上，周围有公园、山门、亭台楼阁等。那里因民风淳朴,人们善良、热情好客,自然风光奇特而闻名遐迩。于是在一个阳光明媚的冬日,几个好友结伴初访鸳鸯寨。

我们从丰顺县城向北东方向,走G355国道经潘田镇至黄金镇沿江路,转入X950县道一点点,路旁边,一块刻着"鸳鸯寨公园"五个红漆字的黄色大石头,横卧在那里,呈现在眼前,四周点缀着草绿色图案,使整个山脉增添了几分灵动和秀美。

我们在大石头旁边的空地停好车,先在公园里转了一圈。这里有一条两车道宽的大路,向西直通一个小村子,道路两旁有繁茂葱郁的绿化带、花池、篮球场、人工修筑的水沟等。一片绿色夹杂着青菜地、番薯地的田园风光,在蓝天白云的映衬下,心境甚是开朗,脚下的步子不觉更加轻快起来,平日里郁积在小角落里的城市尘嚣纷扰,刹那间了无踪影。在冬日的暖阳下,森系的一切都被映照得如诗如画,让人心驰神往,仿佛置身于童话世界之中。

沿着这条大路往前走百余米,就拐进了小村子里。他们说这是湖田村,小巷子边上有一幢三层贴满棕褐色墙砖的楼房,门紧闭着,第三层楼上有一排鎏金的大字"丰顺朱子文化楼"。当沿路上行到了一处突出的开阔地时，远远地，我们看到了掩映在红花绿树间的村落，青灰瓦房，房脊用白灰勾勒出漂亮的线条，显得特别明丽干净。村里周边高大的古树葱葱郁郁，恰到好处地点缀在房前屋后，田间地头绿油油的青菜，把整个村落衬托得更加恬静自然！再往前走一点儿，竟然有一幢二三十层高的楼房。我向一位正在散步的本村大姐打听，她告诉我，这幢楼房是本村人自己建的，而且全都是设计成套房，每一户分配一套。各家原来的老房子、屋宅等收归村里，而山埔田地则保持不变。这样有利于统一规划，改变村容村貌促进新农村建设，特别是有利于持续打造鸳鸯寨景区，以特色文化旅游带动乡村振兴。

这幢楼房旁边，就是鸳鸯寨景区的山门了。这里有上、下两个平台，可以供停车、观光等。当我们行至一个刻着"鸳鸯寨森林公园"七个漆金大字的牌坊前时，不由感叹刻家手法的老到，整齐又庄重，很有气势！左右门柱上镌刻有楹联，门柱正前方各屹立着一对石象和石狮，泰然又吉祥。好友们拿出数码相机，摆出最美最酷的造型，留下这一美妙的瞬间。

牌坊后紧连着上山的石台阶被葱茏的树木掩映

着，因这里蕴含着"步步高升""青云直上"的寓意，所以来参观的人哪怕再走多几步，也会有欢喜的动力。山门向上，听说一共有2000多级台阶，有9个造型各异的凉亭，中间还建有一处比较大型的平台可供休息，也可供观赏风景。"半山览胜"的气魄吸引着我们不断前进。尽管那时已是秋季，山上的花草树木有些已枯萎，但山的雄伟气势和奇形怪状，让我们领略了它的独特魅力。几分钟后，浓浓的雾气烟消云散了，充足的阳光显得格外明媚。

走着走着，又听好友说还有另一个入口可以登上鸳鸯寨。于是我们又从刻有"鸳鸯寨公园"五个大字的大石头面前，重新转入X950县道，按刚才来的方向继续向前走约3000米到了嶂背村，看见有一个路口通往山顶。拐入时极其陡，经过几十个弯坡，随着高度不断增加，视野反而一点点地变好。我们一直随着导航，尽管山路十八弯，有点儿雾里看花的感觉，但心中一直觉得终点近在眼前。果然不一会儿，一个停了好多车的地方出现在眼前。看着这停了众多汽车的停车场，我犹如迷航的小船，望见了闪烁的灯塔红光，悬吊着的心才安定下来。不经路弯多，怎见幽深迷人的鸳鸯寨呢。

我们靠边停好车后，看到面前有一个呈倒"7"

字形的连廊和四角亭，琉璃作顶，雕梁绘栋，翘角悬檐，色彩极其鲜艳，图案古朴典雅，是典型的潮汕传统建筑。连廊两侧柱子间配置有石板凳，不仅可以供游客随时坐下休息，还可以遮风挡雨。古为今用，潮为客用，这也体现了客家人重视文化、务实敦厚的优秀品格。

再往前走，左手边有一排导览图和景区介绍，还有一处人行小绿道，有游客从里面走上来。我不知道他们是从哪里走过来、走了多远，不过看得出他们是已经游玩回来，正准备回家的了。我看到直往前行的人比较多，就跟着他们走。不多时，来到一个铁扇公主庙，有几个人在上香祈拜，阵阵香火，袅袅绕绕。庙的正上方还有个小平台，站在上面可以往西边远眺。侧下方，有一条和刚才我看到的同样的小绿道。哦，那些回家的游客就是从这里开始进入小绿道的。伯公伯婆庙旁，三米多宽的石台阶已经建好，人来人往，谈笑声不断传来。我沿着台阶往上走，不一会儿就上到山顶。

山顶上的和谐亭是鸳鸯寨的标志性建筑。来到鸳鸯寨，不到此亭非好汉！它共有两层，呈八边形。从底层楼梯往上，可以看到各个边墙上，都贴有精美的瓷画，有山水、八仙、古代名人、奇珍异兽等，让人拍案叫绝。这座和谐亭，和停车场的连廊相配套，制作工艺及复杂程度却更胜一筹。

我们在和谐亭的至高处四处眺望，山脉连绵，云朵飘飞，天蓝如海。北面的铜鼓峰是粤东第一高峰，雄奇之势不用多说，它高耸出云，仿佛孙悟空穿上了短裙。东边有凤凰山，稍矮稍远，被雾气隔着，仿佛待嫁的新娘。而周围的群山，跟我的梦境非常相似，脉如万山，真是太神奇了。

我所在的和谐亭很高，不远处的黄金镇看起来好像一片灰白颜色的瓦片。从西边山群里流下来的一条溪叫作"产溪"，它似一条银色丝绸，披在了"瓦片"上。而刚才我看到的二十几层高的楼房，在眼皮子底下看起来也是小小的。近一点儿，可以看见连接山门蜿蜒上来的台阶、亭子，藏在一片绿色森林中。

从亭子下来，我们置身游客中，参观了"T"形观景平台，在水泥制作的仿大班桌上摆放了随身携带的水果，坐在这里的大靠椅上，伴着清甜的果汁享受着这天然氧吧。

听文友介绍，和谐亭周边还有两座互相正对着的高山，叫作"鸳鸯山"，它们背后有着非常感人而神奇的传说。我还听说，一年之中，和谐亭上会多次出现云海、金色日落等自然奇观。我们游览鸳鸯寨，呼吸人间洁净的天然氧气，感受大自然的绿美安宁和山河无恙，更加感觉我们历尽沧桑后仍然有现实生活的美好。再读上一两次"萦青缭白，外与天际，四望如一"，增添了鸳鸯寨的趣味和豪浩之气。此时此刻，我们与偌大的山同呼吸，听源远流长的神奇故事，鸳鸯寨让人如痴如醉。

从山上下来，我们来到了黄金桥头边的一家饭店，品尝了黄金炒粿、黄金鸡、溪鱼韭菜花、五指毛桃大骨汤等美食。吃好后，我们还去参观了黄金中学小广场。在街边我们看见了摆卖当地特色的黄金甜粿，红的、绿的、黄的……忍不住美食的诱惑购买了几袋。回家用微波炉热好，吃上几口，甜甜的黄金甜粿满满的姜汁味，很有地方特色。

乘着新农村建设的东风，美丽的鸳鸯寨展现她的美丽，张扬她的唯美！鸳鸯寨附近的田野一片碧绿，宛如一块绿宝石，闪闪发亮！而留在舌尖上的鸳鸯寨美食，增加了温暖阳光的味道。这是扎根乡土、接通地脉的地方，既有新时代人民对美好生活的向往，又展现了乡村振兴带来的昂扬风貌！

呼吸在绿色中舒畅，情感在山水间凝聚。鸳鸯寨之美，神秘奇特！又怎是我们这一次短暂之旅能

看尽、记全的呢！去时秋风中果香弥漫，周边房屋
错落有致，村道整洁有序，回来时，鸳鸯寨的美丽
画卷一直萦绕在心里⋯⋯

秋登鸳鸯寨

洪陆丰

不知不觉，又到了秋天。黄金镇鸳鸯寨是我曾工作生活过的地方，闲暇之余已登过几次，适逢巧合，又一次登临。秋至满山皆秀色，这是鸳鸯寨的秋。

秋天仿佛是一位神奇的画家，用最绚烂的色彩勾勒出如诗如画的巨幅画卷。在这里遇见秋天，晚霞拥夕阳，日落染黄昏，万山皆秋色，感受秋天。

去鸳鸯寨山顶处的景观台有两条

路：一条路是从位于湖田村村口的鸳鸯寨森林公园南门入口处开始步行攀爬，适合健身锻炼；另一条路是从位于嶂背村的鸳鸯寨森林公园入口处进入，沿水泥路开车爬坡，可一直开车到景观台附近的停车场，适合观光休闲。不管是走哪条路，条条大路通罗马，处处美景怡人眼。若要深度感受，还得是选择步行登山，当汗水开始渗出，内心观景的万千感受也奔涌而出。

我从山门开始攀爬，拾级而上，不疾不缓，步步高升。随着高度的攀升，俯瞰的视野也渐渐开阔起来。远处的山峦连绵起伏，像是大地的脊梁，承载着岁月的沧桑和秋天的深情。荫凉的山道上，阳光收敛了它的酷热，光线穿过山林的叶隙，洒落下丝丝温柔。

攀爬到一定的距离后，随性地坐在半山腰的亭台楼阁里，感受树推风，风动草，举目便是一幅幅油画，适合歇歇脚、发发呆、听听风。再往上，前行的每一步，需要用脚去丈量。

继续前行，终于来到了鸳鸯寨的山顶。站在鸳鸯寨观景台，俯瞰着脚下的大地，心中涌起一股莫名的豪情。秋天的大地就像一块巨大的调色板，各种颜色和谐地融合在一起。产溪、龙溪、白溪，三溪在这里汇聚，曲水有情，然后蜿蜒流向韩江。登高望远，向远山呐喊，极尽舒畅。万山秋寂，唯有风声，不见喧闹，只见山下黄金圩镇滚烫的人间烟火。

若有幸遇到云海奇观，那就更妙了，让人惊叹与惊喜。云海翻腾，如白浪堆叠，散尽风情散尽愁；云卷云舒，如棉花糖般，柔抚山川；流云如瀑，冲刷着夕阳，气象万千，壮美磅礴；霞光金缕，浸镀了光明辉煌，万物成金。呼吸天地间，云雾涤净尘累。

因为待过，所以熟悉；因为熟悉，所以感受到它的高山流水、山水田园、花山树木；因为熟悉，所以了解它的风土人情、人间烟火。时间往前走，遇见了一些人，他们却随时光列车往后退，留下匆匆一瞥的微笑。

时光缓缓，等待晚烟的柔情缱绻，山水间，藏一处山川风月。在山顶观景亭里憩坐，驻足聆听宁静的晚风，夕阳在点火，也在点烟，它像一个男人，正在云淡风轻地吞吐生活中的热辣与各种滋味。

时光往前匆匆走，一路风景在变，人在变，事在变，晚霞夕阳在变，白云苍狗，万物皆在流动变幻。再看再赏的意义，就是回望曾经的自己；然后，找回自己。

第二章 诗词抒怀

印象黄金

张　扬

之一：一座山

登上鸳鸯寨

会爱上云卷云舒

花开花落

会对草木钟情

生活诚恳

在鸳鸯寨

会想起关于鸳鸯的诗篇

会想起外出的游子

鸿雁归思，梦想归程

从此美丽的乡愁

有了心的归宿

之二：一条河

流经春的婉约
流经夏的绚烂
流经秋的清朗
流经冬的静默

流经山谷
流经竹林
流经古桥
流经村庄

而后流进每一个人的心里
并说出她温暖的名字：
产溪

之三：一片竹

家住竹乡
他总会在竹林之中
挑选出竹节长
质地柔软的竹子
刮其青面，加工竹片

编织成竹篮

然后卖去

他不是诗人

不懂竹的诗意

他却懂得那些竹

可以让生活宽裕起来

有时

他也幻想着

他编织的竹篮

会遇到精湛的艺人

画上春暖花开

画上竹报平安

让竹篮又有了

新的意义

鸳鸯寨放歌

冯秀珍

有一个美丽的传说
漂亮的鸳鸯在唱歌……

那一天我们登临看见
一对年老的夫妻在山间耘田耕作
一对美丽的鸳鸯在山下的小溪嬉戏
公主在织布将军在打猎
涧水悠悠炊烟袅袅

话说那许公主贪玩失足落池水
志高将军恰恰路过英雄救美人
许公主和高将军双双沐爱河
奈何皇上不应允认为出身不般配
为美好公主与将军私奔出京无名山上把家安

好心夫妇来收留日子过得乐融融

炎炎夏日正午后纳凉畅聊正欢时

官兵捉拿到山前将军公主奔山顶

从容跃步悬崖下巾扇飘飞舞半空

为记动人骇世事四座宫坛竣工庆

天外飞来鸳鸯盘桓相依相随产溪边

刹那间电闪雷鸣大雨倾瞬息阳光万丈双峰耸

恰似那鸳鸯交颈南北望于是这山名叫鸳鸯寨

鸳鸯自古文人皆咏叹

司马相如谓卓文君

何缘交颈为鸳鸯

胡颉颃兮共翱翔

《孔雀东南飞》诵

东西植松柏左右种梧桐

枝枝相覆盖叶叶相交通

中有双飞鸟自名为鸳鸯

仰头相向鸣夜夜达五更

曹植歌：乐鸳鸯之同池羡比翼之共林

嵇康诗：鸳鸯于飞肃肃其羽

朝游高原夕宿兰渚

邕邕和鸣顾眄俦侣

俯仰慷慨优游容与

苏武有"昔为鸳和鸯，今为参与辰"

李白道"七十紫鸳鸯，双双戏庭幽"

杜甫唱"合昏尚知时，鸳鸯不独宿"

孟郊吟"梧桐相持老，鸳鸯会双死"

杜牧"尽日无人看微雨，鸳鸯相对浴红衣"

苏庠"属玉双飞水满塘，菰蒲深处浴鸳鸯"

还有"鸟语花香三月春，鸳鸯交颈双双飞"

更有"得成比目何辞死，愿作鸳鸯不羡仙"

李时珍《本草纲目》著

终日并游宛在水中央也

雄鸣曰鸳雌鸣曰鸯雌雄未尝相离为匹鸟

这永恒爱情的象征相亲相爱白头偕老之表率

一结配偶终不离余者余生只孤凄

鸳去鸯不离鸯逝鸳哀啼

啊，人生自古谁无死呵

留取鸳鸯说爱情……

鸳鸯寨采风

刘潭坤

信步采风鸳鸯亭，山峦幽谷涧长鸣。
登临寨顶遥相望，竹乡秀景入画屏。

亭台楼榭金碧煌，产溪河畔竹茫茫。
极目览胜犹欣意，登殿观山瑞云翔。

竹海茂密锁春烟，群峰连绵彩云间。
青山远黛美如画，如梦如幻醉诗仙。

千山翠绿掩峰林，风光旖旎韵心灵。
美丽传说添欢趣，不老鸳鸯最怡情。

鹧鸪天·登鸳鸯寨有寄（三首）

刘振环

一

赊取诗心花作媒，吟风携侣向瑶台。双峰竞秀仙留趾，石磴穿云汗湿腮。

霞焕彩，影徘徊，人间值得醉千回。今摇铁扇寻佳句，万里晴川任剪裁。

二

应是闲愁不复来，浮名堪破梦堪裁。诗书继世能移俗，厚德传家可毓才。

花旧识，酒新醅，何妨吟啸白云台。眉间眼里多清气，枕石听泉韵自嵬。

三

再上鸳鸯宝阁台，氤氲紫气日边来。此间有竹
欣闻笛，绝顶无尘胜举杯。

循小径，印苍苔，云霞一抹染香腮。自强不息
天行健，莫问春风莫问梅。

沁园春·鸳鸯寨

彭建斌

是日得闲，携友黄金，访客一方。看产溪边上，鸳鸯寨立；层云脚下，和谐亭藏。幽径石阶，修竹古树，静卧悠悠名远扬。登高望，赏青山绿水，花草芬芳。

乡贤桑梓情长，聚内外同袍热心肠。遇园中长者，畅谈往事；亭中稚子，嬉笑日常。漫步楼阁，同行欢语，其乐融融老少忙。中国梦，展太平盛世，龙凤呈祥。

题黄金镇鸳鸯寨森林公园（二首）

何望贤

一

鸳鸯群进入画图，水色山光映碧壶。

千载古洞留圣迹，十里林岸绕故都。

青松翠竹连万亩，黛瓦朱栏醉五湖。

远眺欲问成败事，寒鸦唯有噪晚梧。

二

春风入户枝端艳，古木参天石径斜。

溪水绕村流碧玉，初霁满地落红花。

云迷远岫千重树，雨过平田一带纱。

我欲结茅依此住，白头相对话桑麻。

黄金鸳鸯寨森林公园（二首）

刘荣生

一

双峰形胜绣鸳鸯，风物天然佑竹乡。

曲径通幽烟雾袅，危亭挹翠桂兰芳。

仙留趾印崖横石，瑶种梧桐凤戏凰。

足下流云饶野趣，泉鸣鸟唱境清凉。

二

灵山聚秀洞中天，约友来寻世外缘。

无限风光收眼底，难穷奥妙隐峰巅。

龙蟠九曲慈云润，石磬群仙法雨悬。

铁扇轻摇清气爽，鸳鸯比翼孕名贤。

鸳鸯情（外一首）

刘震辉

　　黄猄之埠，人文古镇；民风淳朴，勤劳厚道；鸳鸯古寨，秀丽挺拔；神奇传说，令人向往；产溪河畔，悠悠而动；山水相映，美丽画卷；森林公园，风景优美；台阶亭阁，造型独特；休闲登高，美不胜收；踏步而来，流连忘返。

鸳鸯寨情思

天高云淡我家乡，云海茫茫绕鸳鸯。
人间仙境降临此，黄金美景人向往。

赞鸳鸯寨（二首）

彭佳良

一

黄金竹乡美名扬，人杰地灵酿琼浆。

祥云缭绕鸳鸯寨，慕名前来觅鸳鸯。

二

云端顶上一天堂，神奇传说有鸳鸯。

三溪汇聚呈祥瑞，竹乡欢歌谱华章。

注："鸳鸯"指黄金镇鸳鸯寨；"三溪"指黄金镇的白溪、产溪和龙溪；"竹乡"，黄金镇盛产竹子，黄金竹编工艺品远近闻名，素有"竹乡"之称。

春日游丰顺县黄金镇鸳鸯寨（二首）

欧雪华

游鸳鸯寨

远眺鸳鸯披翠妆，近观翠绿卧鸳鸯。

恰如进入相思谷，兴致忘形游醉乡。

乡贤古道（中华新韵）

岭上山间坐若钟，亭亭玉立美良工。

临风策划鸳鸯影，竟使游人忘梵空。

黄金鸳鸯寨森林公园

杨觉明

黄金闪闪亮金光，产溪悠悠情意长。

曲径亭阁赋诗韵，清风丽日山花香。

远眺竹海波浪涌，放眼林涛荡天苍。

君游此地多雅兴，半缘鸳鸯半梦想。

鸳鸯寨森林公园联对

一

客邑薰风三部曲

溪山云雨万般情

二

霞蔚山乡萦紫气

春融竹海拂清风

三

临阁澄怀，喜见云峦开画卷

凭栏酌句，犹闻石涧溢泉声

——谢永波

一

产溪泛黄金，玉带耀明球，远韵山河描画卷

鸳鸯谱美寨，琼楼连榭阁，如歌岁月写华章

二

森林大嶂奇神秀

丽景公园怡情怀

三

鸳鸯故事情蜜蜜

游客如之影双双

四

鸳鸯寨钟灵毓秀

和谐亭画凤雕龙

——黄和祥

一

世外桃源，一寨千秋藏铁扇

人间福地，三溪九曲耀黄金

二

和谐亭，笑云卷云舒，一览山小

鸳鸯寨，观客来客去，十分"网红"

——张世琳

第三章

书画留香

美麗的鴛鴦寨

甲辰春月林明川題

《美丽的鸳鸯寨》

《迷人的鸳鸯寨》

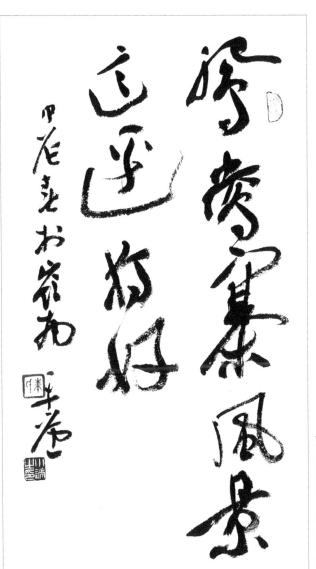

《鸳鸯寨风景这边独好》

客邑薰風三部曲

溪山雲雨萬般情

黃金鴛鴦寨公園覽勝

癸卯冬杪谢永波並題

《客邑薰风三部曲 溪山云雨万般情》

临阁澄怀喜见云山开画卷

凭栏酌句犹闻石涧溢泉声

甲辰龙年春抄谢永波兰书

《临阁澄怀喜见云山开画卷　凭栏酌句犹闻石涧溢泉声》

神奇的鸳鸯寨

甲辰春月刘远明书

《神奇的鸳鸯寨》

扇画：《鸳鸯寨森林公园·入口石刻》

扇画：《鸳鸯寨森林公园·停车场》

扇画：《鸳鸯寨森林公园·牌坊》

扇画：《鸳鸯寨森林公园·和谐亭》

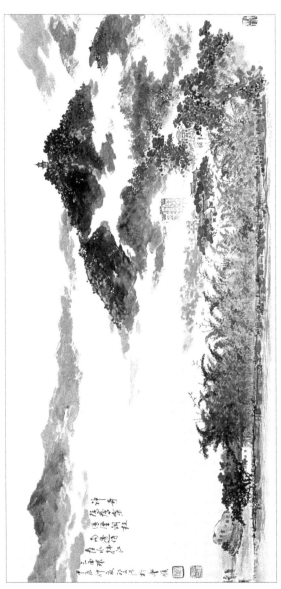

《神奇鸳鸯寨》

《水墨鸳鸯寨》

附

录

黄金迎灯

村　夫

　　黄金迎灯是梅州客家地区内一张别具特色的传统民俗名片，展示家乡风采，联络乡贤情谊，助推家乡发展。黄金迎灯于正月十五进行，源于明正统年间（1436—1449）的潮州府海阳县丰政都，距今已有500多年。

　　每年农历腊月廿四日起，黄金人民就开始迎灯的准备工作，如制作彩灯、排练迎灯文艺节目等。正月十三，人们会装饰黄金镇内的主要大街，在街道两旁挂满各式各样、喜气洋洋的彩灯，彩灯争艳、灯火辉煌，蔚为壮观。黄金迎灯中的彩灯是用汉族民间绘画、剪纸、书法、对联等工艺制作，外形精美、内涵丰富。当日晚，上演精彩的三角戏。三角戏是在黄金盛行的地方戏，用本地方言（客家话）演唱。

正月十四的白天，黄金各村社出动弦乐班、锣鼓班、龙狮班及化妆文艺队伍，弦乐班主要有吹打音乐和弦索音乐，乐器有笛、管、萧、胡弦、筝等；锣鼓班的乐器有锣、鼓、铙、钹等。他们沿街游行，把大街变成一个流动的文化广场，充分展示了乡镇文化的风采和魅力。到了晚上，"赛灯"开始了。黄昏以后，首先开始"洗街"。"洗街"并非指用水冲洗街道，而是由几十个小伙子手擎汽灯敲锣打鼓、穿街过巷，从街头行至街尾，向镇民预告迎灯活动即将开始及稍后的迎灯路线。赛灯分为上、下街两队，两队会比谁的彩灯花样更多、谁的节目更精彩。为了夺优取胜，在赛灯前的10多天，上、下街居民纷纷严格保密，连亲戚朋友相逢都不敢交谈，以免泄露机密。

正月十五晚，黄金迎灯的重头戏正式开始。当天，太阳尚未下山，黄金已成灯的世界、光的海洋。家家披红挂绿，处处灯火辉煌，各式彩灯争妍斗艳。大街小巷的两边挤满了观灯的人群。来自大龙华、砂田、小胜、潭江、留隍、潘田等邻近乡镇的观灯民众早已翘首企望。晚上6点左右，由数百人组成的迎灯队伍在领队的指挥下，按游行路线徐徐步入。迎灯队伍边走边表演节目，一直闹到午夜。本地与外地的观灯民众对两支赛灯队伍的灯饰制作、游行、节目表演给予评价。谁胜谁负，可从元宵节一直论到二月初。

新中国成立后，黄金艺人对花灯的种类、迎灯的形式及规模精心策划、推陈出新。他们充分利用本地的竹源，制作出花色繁多的精美灯具，并将传统的花灯赋予新意，如火箭灯、葵花灯、龙宫探宝灯等。1981年元宵节，汕头地区的文化部门还专门组织各县文艺界代表前来黄金观灯，其规模之大、灯具之精巧、节目之精彩、盛况之空前，令人至今难忘。

家乡的那条小河

朱明海

在我的家乡黄金镇，有这样一条小河，清澈的河水不知绕过多少村庄，任时光的漫漫与匆匆，都静静地躺在小镇的怀抱中。她的名字叫"产溪"，是我们的母亲河。

我出生在大山深处，却在产溪河畔长大。由于我爷爷奶奶去世得早，父母忙于农活儿，我出生40天后直到12岁，都寄养在外公家。外公家位于产溪中上游边上的清溪村，那里人口相对密集，且环境优美。产溪河像"之"字一样绕过村庄，河岸两旁，一望无际的竹林在清风的吹拂之下连绵起伏，翻滚着绿色的波浪。竹林前面是绿草坪和沙滩，那里不知留下多少我们的美好回忆。下午，我经常跟着哥哥姐姐们去放牛。阳光正好，我们各自戴着一顶帽子就出发，把牛赶到那一片草地上。经过产溪河的滋润，小草郁郁葱葱，极为茂盛。牛在一旁开心地吃草，我和哥哥们在河边嬉戏玩耍，有时会坐在河边用脚轻轻地拨动水面，而姐姐们就坐在草坪上、溜进竹林里看连环画。在溪流的转弯处有一处深潭，那里的水流相对平缓且深不见底，我们几个人经常拾些石块、瓦片之类的东西，俯下身子贴着水面用力地扔石块、瓦片，看谁扔得远，扔得好看。顿时，水面泛起阵阵涟漪，我的哥哥力气大，且有方法，每次扔完都能赢得阵阵喝彩声。

在河流与草坪之间，是长长的布满石头的河滩，这里的人们喜欢在那边晒东西，因而经常会遗留一些没有收拾干净的农作物，其中以木薯居多。木薯收获的季节，我们几个孩子经常相约带着小篮子在河滩捡木薯，不多时，人人都捡了满满的一小篮，然后拿到村供销站去卖。印象中供销站站长姓江，大家都叫他"江同志"。他人很慈和，见到人总是笑眯眯的。他每次都夸我们很懂事，"象征性"地看看木薯说："不错不错，评为二等品。"我们见状忙说这东西这么好，怎么也要评为三等品以上。他哈哈大笑，简直笑弯了腰，然后耐心地向我们解释二等品比三等品好，价钱也比较高。卖来的钱，我们会拿一些在一家小店买冰棍来解渴，剩下的钱就交给母亲保管。

夏天，对于这里的人们来说是最美的季节。清晨，哥哥经常会带我去河边网鱼。他们大人坐在小船上，在河里来回穿梭，不停地撒网，表哥说早上是鱼最活跃的时候，是网鱼的最好时机。那时候我年纪还小，就待在草地上看着他们一网网地投下去，又一网网地拉起来。若起网时没有成果，他们会不由自主地发出叹气声；若收效不错，便会兴高采烈地发出喝彩声。看到他们开心的样子，我也受到感染。当然，对于小孩来说，最快乐的时光还是午后，因为可以到河里游泳。然而，那时大人迷信，帮我算过命，说我12岁以前不能近水，所以每年夏季外婆每天都看着我，不准我去游泳。看到小伙伴们开心的样子，我每天都哭着向外婆撒娇，后来外婆也心软了，安排两位水性好的表哥陪我去游泳。这样她还不放心，我每次游泳她都要坐在岸边，远远望着我，还不时地催我快点上岸……外婆离开人世已很多年，而每每想起她那关切的目光，我的眼里都会闪着泪花。

童年里记忆最深的要数坐着木船去镇里了。当时由于交通不便，村民到镇上只能走羊肠小道，村里有户人家做了一艘木船，因为形状像梭子，大家都称之为"梭子船"。每逢"三、六、九"圩日，小船便载着土特产到镇里去卖，下午又从镇里载着村民的急需品回村。每次出船时，还可搭载几人，想要坐船的人很多，需要提前预约。我外公在村里辈分高有威望，所以每次他想坐船，船主都会热心安排，我也因此能常常随外公坐船到镇里赴圩。每次坐船的前一晚，我都会高兴得睡不着觉。驾木船的师傅技艺娴熟，他们手拿竹竿，一人站在船头，一人站在船尾，竹竿在石块上或水流中左点一下右划一下，船儿便缓缓地向前。船里的人抽烟的抽烟，喝茶的喝茶，甚至还有人拿出随身带来的自酿米酒有滋有味地喝起来，当然更多时候是海阔天空地聊天，充满欢声笑语。一路上，最令人惊奇的是在不长的旅程中，沿途可以欣赏到金井倒影、千年水臼等奇观，而两岸一望无际的竹林，与清澈的河水、行走的小船，构成一幅天然的水彩画，散发着水乡别具一格的韵味。

　　光阴似箭，从家乡到县城求学工作一晃已过去30多年。随着工作生活越来越忙碌奔波，我回老家的次数也越来越少，但每每想起家乡的那条小河，想起童年的美好时光，心里总是美滋滋的。

记忆中的黄金水面桥

朱明海

这次回家乡黄金镇，我收获了一个意外的惊喜。我在一个同学家看到一张老照片，照片里的我和几个初中同学坐在河边的草地上，背景是清澈的河水和横亘在水面上的黄金水面桥。这张照片，勾起了我对那座桥的美好回忆。

那座桥始建于20世纪70年代，长约200米，宽为5米，为钢筋水泥结构。水面桥，顾名思义，就是横跨在水面上的桥，桥面离水面不足一米。桥虽不高，也不大，在当时却是两岸群众的交通要道，更是两岸群众交流思想的重要场所。

我第一次见黄金水面桥，还是20世纪80年代初期，那时我才十二三岁。当年，我随父母从农村搬到黄金镇里居住、读书，看到偌大的圩镇、热闹的人群，一切都是那么新鲜。很快，我就结识了一大群同龄玩伴，没多久便走遍大街小巷。黄金水面桥是镇里最热闹的地方，也是我最喜欢去的地方。大桥的北岸是颇富水乡特色的商铺，南岸是连绵起伏的竹林，竹林与河流间连着大片的绿草地，竹林后边是连片的农田。草地一年四季绿草如茵，不管大人还是小孩，都喜欢在那儿玩耍。我们几个同学经常到绿草地打闹，玩累了就围坐在一起谈心，那张照片就取景于此。

桥下的河流是产溪河，河水清澈，水质良好。由于当时还没有自来水，产溪水是当地居民主要饮用水源，大多数居民每天都要到黄金水面桥挑水。有人早上去挑，而有人下午去挑，水面桥一天到晚都人气很旺，久而久之这里还成了大家聚会的好地方。挑水的男同胞们用吊桶打好水后，不会立马回家，而是从兜里拿出香烟相互敬烟，边抽烟边交谈；而女同胞则手牵手，家长里短说个不停。自然而然，这里也就成了传播消息的地方，谁家有什么好事、谁家遇到什么烦心事、谁家吵架了、谁家来亲戚了等消息很多都是从这里传播出去的。我偶尔也会去挑水，大人见状会帮忙打水，并一个劲儿夸赞我懂事，这么小就帮忙做家务。

一年有四季，但对于产溪河来说，夏天才是最美的季节。黄金水面桥成了孩子们的乐园，一群又一群孩子在桥下游泳。这里水流湍急，且水较深，很多大人就坐在桥沿上，看着孩子游泳，一旦有孩子溺水，马上会有家长跳下去施救。还有的热心家长泡在水里教孩子游泳，因为他们说黄金是水乡，游泳是一项基本的生活技能。我第一次下水游泳时就呛了几口水，后来旁边的大叔把我救起并教会我如何游泳。

夏天的夜晚，又是另一番风景。人们总是喜欢坐在水面桥上吹凉过夏。风从水面吹过来，带着丝丝凉意拂在人们的脸庞上，让人惬意无比。这时候，人们三三两两地坐在桥沿上边乘凉边拉家常，海阔天空，漫无目的；也有人会带上茶具，边泡茶边聊天，人们的说话声、玩笑声与潺潺的流水声交织在一起，奏响一曲又一曲动人的乐章。夜深了，大部分群众陆陆续续回家休息，而热恋的人们才开始登场，一对对情侣坐在大桥的角落里或草地上，或甜言蜜语，或亲密拥抱，构成一幅幸福的图景。

在大部分时候，产溪河就像一个温柔的姑娘绕在古镇旁，朴实的水面桥就是这个姑娘身上最美的那一件装饰品。但是，这个姑娘也有发脾气的时候。黄金是个水涝地区，产溪河上游经常山洪暴发，这时河流早已不复平日的安静，而是愤怒地咆哮着。由于黄金水面桥桥面低，稍微下点儿小雨河水就会漫过桥面，洪水之下的大桥更是没了踪影，这个时候也有一些心急赶路的人漫水而过，不少人因此被洪水卷走甚至夺去生命。因而洪水来临时候，不少热心的群众会在水面桥的两边，劝说大家不要冒险赶路。

2008年的夏天，又一次发怒的产溪河终于冲垮了久经风雨的黄金水面桥，曾经作为两岸纽带的大桥不见了。为了解决两岸居民出行的大问题，在上级政府的支持下，一位热心乡贤捐资在原地新建了一座大桥。自此以后，这座桥的名字就改成了"黄金大桥"，桥面升高到两米多，也宽阔了不少，洪水再也不会轻易漫过桥面，两岸居民出行方便多了。

尽管，黄金水面桥已不复存在，但那情、那景，依然深深地印在记忆深处。

"梭子船"穿行的岁月

朱明海

最近，我在"爱我黄金"微信公众号上看到了一张老照片，照片中有几个人在溪流的岸边用绳子拉着一艘载满货物的船只。这张照片让我倍感亲切，勾起了我童年美好的回忆。虽然这张照片是40多年前拍摄的，但我曾无数次现场见证类似场面，那情那景至今记忆犹新。

我的家乡黄金镇水资源非常丰富，产溪河穿境而过汇入韩江。20世纪80年代中期以前，由于交通不便，黄金人民想到圩镇办事和购物，大多数都只能靠步行。如果他们要将土特产运到圩镇出售，大多也靠肩挑，既费时又费力。当时生活在产溪河畔的村民却非常幸运。据老人们说，从20世纪70年代开始，有村民用传统工艺做船，因船只形状像梭子，大家都称之为"梭子船"。这些梭子船是当时最重要、最特别的交通工具。

黄金镇历史悠久、底蕴深厚，自古就有赴圩的习惯，很久以前就形成了逢"三、六、九"日为圩日的传统。每逢圩日，梭子船就会满载土特产运到镇里去卖，下午又从镇里载上村民急需的生活用品回村，除了载货之外，每趟出船还会搭载几名村民。那个时候，我寄养在清溪村外公家，这个村子离圩镇有10多千米，村里也有一艘"梭子船"。我外公经常要到圩镇办事和购物，虽然每次想坐船的村民很多，但我外公辈分高且有威望，所以每次船主都会热情地安排好。外公对我特别疼爱，经常会带我一起坐船到镇里赴圩。

出船那天，从早上7点就开始装货，7点半准时出发，大约一个半小时就可以到镇里。回程一般在下午3点，由于是逆水行舟，行程比较艰辛，遇到险滩时，船主和他的帮手还要走到岸边用绳索拉船，直到水流平缓处他们才回到船里，慢慢地逆流而上，所以一般要两个半小时才能回到村里。离圩镇约2000米处有个叫"沿神"的地方，那里建了个水电站，筑起了拦河坝，拦河坝中间开了一条宽约4米、长300米的泄洪道，除了用于引洪外，更重要的是供来往船只通过。由于那里水流湍急，船只顺流而行时，为安全起见乘客要下船走一段路到泄洪口才重新上船；而回程经过这里时，全部人都要下船，船主和他的帮手用肩扛着连着船只的绳索，吃力地一步一步往上拉，船只缓缓而行，这张老照片定格的就是这样的一个情景。

第一次看见类似的情形时我还不到10岁，却深知船主等人的艰辛，至今难以忘怀。这里也是回程时最艰难的一段路，少则需要20分钟，多则要半个小时。过了沿神水电站后，行程就相对轻松许多，大多数地方用竹竿慢慢撑、慢慢划就可以了。就这样，梭子船在一来一往中，让船主和他的帮手们受尽苦头，每次回到家里都累得动弹不得。但他们心里还是美滋滋的，因为一趟能得一笔不菲的运费，当时的船主在村里可以说是相对富裕的。而对于村民来说，乘船的过程也是快乐的时光。黄金是著名的竹乡，产溪河两岸是一望无际的竹林，翻滚的绿浪令人陶醉，坐在船上还可以观赏到金井奇观、千年冰臼等自然景观。更令人难忘的是，这小小船只还是交流感情的场所，坐船的村民平时在田间地头忙这忙那，很少见面，现在有机会坐在一起，相互敬烟互致问候，海阔天空拉家常，倍感亲切，大伙儿在不经意间拉近了距离，增进了感情。

后来，随着社会发展进步，到了20世纪90年代，黄金镇便村村通了公路并实现水泥硬底化，载货载人的交通工具也逐步被汽车所替代。再加上产溪河沿途建了不少水电站，不方便船只出行，梭子船从此逐步退出了历史舞台，只留在人们的记忆之中。

鸳鸯寨与铁扇公主庙的传说

朱紫球

丰顺县黄金镇（俗称"黄金埔"），是旧时县府丰良到潮汕地区的必经之地，产溪水缓缓地从她身边流过，汇入韩江，水陆交通相当便利，是丰顺三大圩镇之一。产溪河畔，有一大山，名叫"鸳鸯寨"，被誉称为黄金镇"镇山"，是三溪（白溪、产溪、龙溪）的交会点，海拔432米。鸳鸯寨山峰奇秀，从不同方向看呈现不同的形状，从北面看，像鸳鸯戏水；从南面看，似双狮相会；从东面看，犹如犀利的笔锋；从西面看，宛若卧地的蟠龙。鸳鸯寨的景点众多，有仙人脚印、九曲龙洞、八仙石坪、志高将军庙、铁扇公主庙等。

登上山顶，近观九曲水口，有狮山、象山把守，远望东有潮汕第一高峰凤凰山，北有粤东第一高峰铜鼓峰，三十六墩山头连绵起伏于两峰之间。

鸳鸯寨名字的由来

鸳鸯寨——这山，不问它有多高多险，单单听它名字就诱人。山顶叉开两座山峰，恰似一对比翼双飞的鸳鸯，藏着一个神奇的传说。

相传，在很久以前，许氏公主和志高将军居住在鸳鸯寨上，他们是一对恋人。将军出身寒门，义心侠胆。许氏公主生性好玩，虽出身名门，但不以皇帝女自居，勤劳朴实。一次，许氏公主和一群婢女在皇宫附近花前漫步，许氏公主不小心掉入水池，众婢女顿时惊慌失措，哇哇大叫。志高将军恰巧路过此地，听到呼救声后三步并作两步疾奔过去，跳进水池救起公主。许氏公主感激不尽，并对志高将军产生了好感。

后来，两人相爱，苦苦向皇帝哀求，皇帝就是不同意。无奈之下，他们相约在一个晚上私奔。皇帝知道后龙颜大怒，下令对志高将军杀无赦。许氏公主和志高将军四处逃避，逃到一座无名山。山上住着一对好心的老夫妻，他们收留了许氏公主和志高将军，小两口终于有了落脚的地方，从此不再奔波，每天将军打猎、公主织布，日子过得乐融融。

可惜好景不长。在一个夏日午后，许氏公主在亭子里拨扇纳凉，和志高将军聊得正欢，突然，冲上来一群官兵要捉拿他们。志高将军与官兵展开了一场搏杀，最终，可怜的老夫妻被官兵活活打死，志高将军终因寡不敌众而身受重伤，他忍着剧痛挟着许氏公主往山顶奔去。面临前有悬崖、后有追兵的窘境，他们决定以死捍卫爱情，对身后的追兵高声喊："你们来吧，捉吧！"然后，许氏公主右手执扇，左手拉着志高将军的手，两人从容地跳下悬崖。后来，为了纪念许氏公主、志高将军和那对善良的老夫妻，人们在许氏公主和志高将军跳崖的地方建起了4座宫坛，分别取名"公主""将军""伯公""伯婆"。

在宫坛竣工庆典当天，人们看到一对鸳鸯从产溪河边飞来，在这山头低飞盘旋，相依相随，不愿离去。突然，电闪雷鸣，大雨倾盆，鸳鸯不见了。

风停了，雨住了，太阳出来了，人们看到两座南北对望的山峰耸了起来，就像刚刚那对鸳鸯，从此便为这座山取名"鸳鸯寨"。

铁扇公主庙

一

鸳鸯寨上的铁扇公主庙常年香火不断，人们来此主要祈求两个心愿——求子、消灾。据说，曾经有一对潮汕青年夫妇成婚8年仍旧没有孩子，两人四处寻医问药都无济于事，某天听说鸳鸯寨上的铁扇公主庙很灵，揣着半信半疑的心情前来烧香求拜，回去后不久竟然喜得一子。这件事传了开来，引得信男善女从四面八方纷至沓来。

二

相传在很久以前，一队倭寇浩浩荡荡地从韩江溯产溪而上，欲扫荡黄金埔，不多时便到了白土（地名）。铁扇公主在鸳鸯寨顶上看得清清楚楚，她带上三叉戟，毫不犹豫地飘了下来，把三叉戟往路中间一插，跃身而起，坐在三叉戟上，怒目圆睁，正气凛然，吓得倭寇溃退。

三

在铁扇公主庙下面有一龙洞，洞口仅容一人进出，洞内却很宽敞，能摆四桌席。据传洞里面有一条被放生的蛇，身如水桶一般粗，不吃人。某年年初，一个大人带着孩子来到铁扇公主庙烧香，孩子不小心绊到藤条从悬崖滚落，这条蛇倏地窜过来，将身子卷成圆圈状，让孩子不偏不倚落在蛇背上，化险为夷。从此以后，人们都说铁扇公主会保护人，此蛇也是善蛇。事实也是如此，纵使铁扇公主庙地形险要，庙下是悬崖峭壁，万丈深渊，千百年来却从未听说过有人在此处发生意外。

绍阳书室

祈　风

绍阳书室位于黄金镇清溪村，坐东北朝西南，依山傍水，原为三进二横一围龙布局，今横屋及围龙已毁损，仅遗中轴三堂，土木石结构，面阔五开间，内有20个房间，建筑面积642平方米，占地总面积超过1800平方米。大门前有5级石阶，石阶两侧镶嵌两块半圆形石雕飞凤。大门门楣上方"绍阳书室"四个大字，秀气洒脱，据传是中国南宋著名思想家、教育家、理学家朱熹的手迹拓本，门楣下方有"福""禧"木雕字样配衬。中堂由4条圆柱支撑5部架梁，柱有石雕瓜墩垫底，梁有木琢倒吊花莲。上堂有精雕细刻木制屏风，屋前有一口半月形池塘。

绍阳书室的由来

绍阳书室原本是朱氏族人的祖屋宗祠。据《朱氏族谱·源流世系》载，绍阳书室（俗称"大佬屋"）创建人是丰顺县丰山万五始祖朱公。丰山万五朱公其先世来自金陵（今江苏南京），原籍福建宁化县石壁村，是朱熹11代孙。宋末元初，为避战祸，其迁至潮州府金山下仙坊巷（后称"朱屋巷"）。约在1406年游于海邑丰政都拔溪（今丰顺清溪），视水土丰美，遂创业垂统，置籍以家，始建祠堂焉。二世祖肇基朱公接承父业，祠堂建筑一天未有停止，且规模不断扩大，至1424年三世祖梅庄朱公时，整座祠堂圆满落成，迄今已跨越600多年，代传30，丰顺县内朱氏裔孙达5万多人。

民国初年，朱氏族人对祖屋宗祠进行修葺，他们牢记"子孙不可不教"的朱子家训，起初由数家联合办私塾，随着人丁繁衍、族人对文化知识有更高追求，他们便在祖屋宗祠创办绍阳书室，以容纳更多学子。"绍"的意思是"继续、继承"，"阳"指朱熹的别称"紫阳"，因此，"绍阳"有明确"继承朱熹思想，以朱熹精神育人"这一办学宗旨的含义。

朱氏族人人心同一，集腋成裘，厚薪聘请教书先生，设偿田收租息济助家贫学子。绍阳书室开设初小班，推崇朱熹"忠、孝、廉、节、悌、恕、礼、知、勇、恭、宽、信、敏、惠"等儒家思想，教育学子牢记"读书起家之本，循礼保家之本，和顺齐家之本，勤俭治家之本"之遗训。

从绍阳书室走出的名人

绍阳书室熏陶了一代代朱氏后人，令这方水土民风纯美、人丁兴旺、贤才蔚起。他们有的迁往广东大埔、梅县、潮汕、揭阳、韶关、阳江等地，有的迁往海南、广西、香港、澳门、台湾等地，有的"过番"南洋，侨居泰国、新加坡等国。自20世纪70年代末起，随改革开放大潮离开故里，在广东珠三角等地区发业寓居的人就更难以计数。

近现代以来，从绍阳书室走出来的杰出代表有：潮州府儒学正堂朱丰山，郡学贡京师朱梅庄，清代农民起义领袖朱阿姜，湖南长沙府知府朱邦宁，贵州独山州知州、候补道朱孔璋，广西桂林府知府、兵部主事朱锦洲，文科举人、龙川县教谕朱攀桂、丰顺县东留笃庆堂创建人朱公德，华夏女杰李坚真〔幼时被卖到白溪（今称"清溪"）朱家〕，革命先辈沈义（原名朱焕香，红军电台创始人曾三部长夫人），爱国归侨朱祥辉，世界朱氏联合会会长、台北企业家朱茂南，广东慈善家朱镇琳及其子朱拉伊、朱孟依、朱庆伊等。

"问渠哪得清如许，为有源头活水来。"绍阳书室可以说是丰顺朱氏的"源头活水"，它以宗祠办书室，传播儒学书香，为研究梅州客家文化、朱子文化及朱氏源流提供了重要的参考价值，成为梅州客家人崇文重教的活标本。2013年12月18日，绍阳书室被列入丰顺县第十批文物保护单位。

"粤东第一漂"

——龙鲸河漂流

方　然

　　粤东第一高峰铜鼓峰下，葱茏的丛林竹海孕育了一条美丽纯净的"矿泉水河"——龙鲸河。

　　龙鲸河位于丰顺县内，远离市井，沿河两岸植被良好，多为高大竹林，山上植被为茂密的次生林和灌木林。这里山清水秀、空气清新，是天然氧吧，宛若世外桃源，给人一种宁静、温馨、回归自然的美妙享受。龙鲸河漂流于1999年5月成功开发，填补了粤东地区漂流旅游的空白，深受游客喜爱，被称为"粤东第一漂"。

龙鲸河漂流位于距丰顺县城东北方向48千米的大龙华镇至黄金镇清溪河段，漂程9.8千米，落差40多米，是集激流探险、戏水玩乐、体育健身、科学考察于一体的多功能综合生态旅游项目。根据不同水位的安全保障程度与游客的体质适应状况，龙鲸河漂流河段分为A、B两线。A线自大龙华码头至川隆码头，漂程5.5千米，落差23米，正常漂流时间大约120分钟，沿途经更幽峡、飞舟峡、冰川峡等"龙鲸三峡"，可观赏双桥飞瀑、水中金山、双头蛤蟆、寿星戏水、双龟竞渡、冰臼奇观等景点；B线自川隆码头至清溪码头，漂程4.3千米，落差大于17米，正常漂流时间大约110分钟，沿途经锦绣谷、情人谷、清溪画廊等景点，在"龙鲸河二谷一廊"，可观赏狮象迎宾、冰臼奇观、水上莲花等景点。A线局部急滩落差大，漂流刺激性较强，B线则以两岸自然风光占优，两条线路各具特色，各有所长。游客穿着救生衣，乘坐无动力充气橡皮艇顺流而下，在惊涛骇浪中驾驭橡皮艇，时而在急滩湍流飞泻直下，感受破浪飞舟的激越，高歌击桨的豪放；体会有惊无险、新奇刺激的乐趣。

龙鲸河落差大，刺激性强，两岸峡谷宽窄相间，漂流河道清幽雄壮交替，滩有急流而不汹涌，潭显平静而不停滞，游客坐在无动力橡皮艇上自漂自游，饱览两岸秀丽风光，体验有惊无险的漂流，与大自然亲密接触。

黄金姜糖

刘　遥

黄金姜糖是丰顺传统凉果名产之一，其原料生姜含有挥发性姜油酮和姜油酚，除了有活血、祛寒、除湿、发汗等功效，还能健胃止呕、驱腥臭、消水肿等。

黄金姜糖的生产工艺以黄金食品厂为代表，其采用纯天然姜汁配以淀粉精制而成，最大限度地保留了生姜的活性成分。黄金食品厂生产黄金姜糖的50多年来，以"美观、美味、健康"为宗旨,在保留传统风味的基础上,引进高科技设备投入生产,与华南理工大学食品系(轻工与食品学院)合作开发丰顺特产——黄金可口姜糖,通过引进先进的糖果生产设备、一流的生产技术人才,采用先进工艺技术,使黄金姜糖进入一个崭新的时代。

黄金人精益求精的探索精神,让健康、美味的黄金姜糖在近几十年来获得了不计其数的国家级、省级奖项(称号),不仅在广东、福建、北京、上海、四川、台湾、香港及广九铁路沿线等地畅销,还备受马来西亚、新加坡等海外客商的推崇。2023年,黄金姜糖入选"2023年广东非遗手信名单"。

《鸳鸯寨》曲谱

1=♭B 或 ♭A 4/4

作词:朱明海
作曲:陈的明

深情地 自由地

（前奏）

传说那座高山，

住着一对不老鸳鸯，美得让人向往。美得让人向往。

弯弯小路通往那
片片云霞映红了

通往那诗和远方，历历亭台
映红了恋人脸庞，点点繁星

错落有致歌声飞扬，
闪烁青春的梦想。

密密丛林到处是鸟语花香，悠悠产溪荡漾着
缕缕清风仿佛在诉说衷肠，绵绵爱恋从山谷

幸福波光，鸳鸯寨啊鸳鸯
飘向海洋。鸳鸯寨啊鸳鸯

$\dot{5}$ — — $\underline{\dot{6}\ \dot{6}}$ | $\dot{5}\cdot\ \dot{5}$ $\dot{5}\ \underline{4\ 5}$ | $\underline{4\ \dot{2}}$ $\dot{2}$ — — |

寨， 是 我 魂 牵 梦 绕 的 地 方。
寨， 是 我 魂 牵 梦 绕 的 地 方。

$\dot{2}\cdot$ $\dot{5}$ $\dot{5}$ $\dot{1}$ | $\underline{\dot{2}\ \dot{1}}$ $\underline{\dot{7}\ \dot{1}}$ $\dot{2}$ $\underline{\dot{7}\ \dot{1}}$ | $\dot{3}$ — $\dot{2}$ — |

突慢

无 论 走 到 天 涯 海 角，你 的 爱 啊
无 论 身 在 天 涯 海 角，你 的 爱 啊

0 $\underline{\dot{2}\ \dot{2}}$ $\underline{4\ 5}$ $\underline{6\ 5}$ | 5 — — — ‖ 结算句

D.C 0 $\underline{4\ \dot{2}}$ $\underline{4\ 5}$ $\widehat{6}$

依 然 相 伴 身 旁。
依 然 温 暖 心 房。 D.C 依 然 温 暖 心

pp

$\widehat{\dot{5}}$ — — —

房。

后　记

伴随着迈入新年的脚步，在黄金鸳鸯寨森林公园基本完善之际，由本人主编的《鸳鸯寨》与大家见面了。这本书是继《鸳鸯寨》MV之后，本人参与创作的又一部文艺作品，对此，本人深感欣慰，激动之情涌上心头。

鸳鸯寨是家乡黄金镇的一座名山，它因秀美的风光和独特的人文底蕴远近闻名。近年来，黄金镇党委、政府对鸳鸯寨森林公园的建设发展高度重视，外出乡贤出钱出力，为鸳鸯寨森林公园的完善与发展注入了强劲动力。近期，游客服务中心等基础配套设施已建成使用，鸳鸯寨森林公园实现华丽转身，成为备受瞩目的网红旅游打卡地，来自四面八方的游客纷至沓来。登上鸳鸯寨山顶的和谐亭，站在观景台上眺望，连绵起伏的山峦、碧波荡漾的产溪尽收眼底，令人心旷神怡，流连忘返。游客们漫步其中，无不陶醉在这份宁静与美好之中，纷纷对外出乡贤热心家乡公益事业的善举表示由衷的感谢和赞赏。

本人是一名土生土长的黄金人，虽然认识到自身能力有限，但一直想为家乡、为鸳鸯寨的旅游事业做点儿力所能及的事情，便产生了编辑《鸳鸯寨》的想法。此举得到了广大文友和艺术家的大力支持。这本书的面世，一是要感谢丰顺县作家协会主席罗琼女士，她利用业余时间，为稿件编辑、栏目设置、联系出版等工作费心费力；二是要感谢黄育兰女士，她为稿件的收集和校对工作付出了不少精力；三是要感谢林明川、谢洪涛、朱小诱、谢永波、黄和祥、刘远明、邱伟杰、徐位诺等艺术家，他们为本书提供了不少精品力作；四是要感谢丰顺县作家协会的会员们，他们不仅踊跃参与采风活动，还积极为本书赐稿赐图。正是因为有大家的大力支持，《鸳鸯寨》才得以顺利结集出版。

由于本人水平有限，本书难免有遗漏和不足之处，敬请包涵，希望大家多提宝贵意见，供有机会再版时修正。

朱明海

2024年8月